Klemens Ludwig

Flüstere zu dem Felsen

HERDER / SPEKTRUM

Band 4195

Das Buch

„Brüder und Schwestern: Unsere Mutter, die Erde, wird alt. Die Zeiten sind vorbei, in denen sich die unermeßlichen Wildherden, mit denen wir dieses Land teilten, an ihrer Brust nähren konnten. Der größte Teil des riesigen Waldes, der einst unsere Heimat war, ist unwiederbringlich verschwunden." Dies ist die Botschaft der Ureinwohner Asiens, Amerikas, Afrikas und Australiens, eine Botschaft von Menschen, die nie verlernt haben, in Einklang mit der Natur zu leben. Eine Botschaft an uns in den Industrienationen, die wir die Schöpfung als eine nie versiegende Quelle für Reichtum und Wohlstand betrachten und sie gnadenlos ausbeuten. Das Buch enthält Schöpfungsmythen, in denen deutlich wird, wie Menschen unterschiedlicher Kultur und unterschiedlichen Lebensraumes die Entstehung der Erde mit all ihren Lebenswesen erzählen. Und es enthält aktuelle Texte, in denen Angehörige indigener Völker zum Umgang mit der Schöpfung Stellung nehmen und Perspektiven anbieten, die einen Ausweg aus der Sackgasse aufzeigen. Ein Buch für all die, denen die Schöpfung am Herzen liegt.

Der Autor

Klemens Ludwig, geb. 1955, ist freiberuflicher Sachbuchautor und Radiojournalist. Langjähriger Mitarbeiter der Gesellschaft für bedrohte Völker. Er beschäftigt sich mit den Ureinwohnern aller Kontinente und unternahm ausgedehnte Reisen in verschiedene asiatische Staaten, darunter Tibet, China, die Philippinen und Thailand.

Klemens Ludwig

Flüstere zu dem Felsen

Die Botschaft der
Ureinwohner unserer Erde
zur Bewahrung der Schöpfung

Mit Zeichnungen von Nils-Aslak Valkeapää

Herder
Freiburg · Basel · Wien

Originalausgabe

Alle Rechte vorbehalten – Printed in Germany
© Verlag Herder Freiburg im Breisgau 1993
Technische Herstellung: Freiburger Graphische Betriebe 1993
Umschlaggestaltung: Joseph Pölzelbauer
Umschlagmotiv: Youth in New Guinea, 1963 by Samuel Putman
The Film Study Center at the Peatsody Museum,
Harvard University, Cambridge, M. A.
ISBN 3-451-04195-2

Dank

Dies Buch wäre ohne die Unterstützung, die Anregungen und die richtigen Hinweise von vielen Menschen nicht möglich gewesen. Dankbar erwähnen möchte ich Yvonne Bangert, Viviane Bauer, Alex Diederich, Ralf Eilers, Luz Fanlo, Brigitte Goller, Helmut Hackfort, Elisabeth Janus, Bernd Lobgesang, Mechthild Mailandt, Silvia Mayer, Evelyne Passet, Christa Stolle, Esther Tazzie, May-an Villalba, Tjan Zaotschnaja sowie die Big Mountain Aktionsgruppe.

INHALT

UREINWOHNER
ALS UMWELTSCHÜTZER –
EINE EINFÜHRUNG

„Ich fühle, daß es meine heilige Pflicht ist, zu dieser Zeit diese Botschaft weiterzugeben. Hopi und andere geistige Führer der Ureinwohner sind sehr beunruhigt über den Zustand unserer Mutter Erde und ihrer Kinder, der indigenen Völker ...“, so Thomas Banyacya, einer der traditionellen Sprecher der Hopi-Indianer.

Beunruhigt und verunsichert sind auch viele Menschen in den Industriestaaten, und das betrifft nicht nur den ganz persönlichen Bereich. Umweltkatastrophen, Hungersnöte und immer neue Schreckensmeldungen aus den Kriegs- und Krisengebieten der Erde tragen neben individuellen Ängsten dazu bei, daß sich eine wachsende Zahl von Menschen in der Welt, so wie sie ist, nicht mehr zu Hause fühlt. Die Suche nach einem Ausweg aus dem Dilemma beschränkt sich deshalb nicht auf Schlupflöcher, die jeder für sich mit etwas weniger Konsum und ein paar Einschränkungen erreicht. Es geht dagegen um eine grundlegende Kurskorrektur, die für die gesamte Gesellschaft relevant sein kann und eine andere Einstellung zur Schöpfung erfordert.

Ausgehend von der alttestamentalischen Forderung „macht euch die Erde untertan“ haben die Industrienationen in den letzten 200 Jahren die Schöpfung als nie versiegende Quelle für Reichtum und Wohlstand betrachtet. Wenn jetzt immer deutlicher eine grundlegende Kurskorrektur verlangt wird, liegt es nahe, die Botschaft derer zur Kenntnis zu nehmen, die den Erhalt der Schöpfung schon immer über materiellen Wohlstand gestellt haben. Die sogenannten indigenen Völker, also die Ureinwohner Afrikas, Amerikas, Asiens und Australiens, wußten um die Zusammenhänge von Menschen und Schöpfung. Sie wußten, daß der Mensch, auch wenn er sich als Krone der Schöpfung betrachtet, die Gesetze der Natur nicht dauerhaft ignorieren kann, ohne sich selbst großen Schaden zuzufügen. In ihren Gesellschaften hat sich der Mensch deshalb den natürlichen Gesetzen untergeordnet und damit eine stabile Ordnung geschaffen.

Hier geht es nicht darum, diese Gemeinschaften zu idealisieren oder als konkrete Alternative zur modernen Industriegesellschaft zu propagieren. 80 Millionen Deutsche können nicht zurück in die Wälder gehen, und die Ureinwohner können den Bewohnern der Industrienationen letztlich nicht die Antwort auf die entscheidende Überlebensfrage abnehmen, die da lautet: Was muß geschehen, um der Schöpfung wieder Vorrang vor Konsum und Profit zu geben? Allerdings können ihre Weisheiten wichtige Anregungen auf dem Weg dorthin sein – auch dann, wenn wir nicht übersehen, daß es in den Gemeinschaften der indigenen Völker durchaus Tabus und Einschränkungen gab, die moderne Menschen befremden mögen.

Die Natur wurde nicht nur als Quelle von Glück und Frieden erlebt, sondern ebenso als Gefahr, die mit Riten und Zeremonien befriedigt werden mußte. Rarihokwats, der langjährige Herausgeber der großen panindianischen Zeitung Akwesasne Notes, hat das aus der Idealisierung der Ureinwohner resultierende Mißverständnis treffend formuliert: „Viele verstehen nicht, daß die natürliche Welt keine freie Welt ist. Die natürliche Welt handelt nach dem Gesetz der Natur, doch gibt es viele Zyklen der natürlichen Welt, mit denen man in Harmonie sein muß. Was gesucht werden muß, ist die Freiheit innerhalb dieser Kreisläufe und innerhalb dieses Gesetzes. Darin liegt eine unglaubliche Freiheit, die viele größer ist als diejenige, die von den meisten Menschen erfahren wird. Es ist nicht einfach die Freiheit aufzustehen, wann man will und ins Bett zu gehen, wann man will. Leute, die auf der Suche nach dieser oberflächlichen Freiheit sind, verstehen nicht, daß die natürliche Welt sehr diszipliniert und sehr hart ist. Das natürliche Leben ist ein sehr hartes und ein sehr gutes Leben. Wir kennen eine Menge Weißer, die das einfach nicht verstehen, und wir haben große Schwierigkeiten, mit ihnen zusammenzuleben." Wenn die richtigen Zeremonien und Riten angewandt werden, lassen sich die Kräfte, ebenso wie Leid und Schicksalsschläge jedoch umwandeln und nutzbar machen. Dies alte Wissen kommt in der Bildersprache der Mythen und Märchen indigener Völker immer wieder zum Vorschein, wenn sich zum Beispiel Tränen in Diamanten verwandeln oder Steine bzw. Sandkörner in Perlen.

Diese Bedeutung der indigenen Völker hat inzwischen auch das renommierte Worldwatch Institut in Washington erkannt. Eine im Dezember 1992 veröffentlichte Studie mit dem Titel „Guardians of the Land" (Wächter des Landes) betont, für das Überleben der gesamten Menschheit sei das Überleben der indigenen Völker unabdingbar. Die „herrschenden Kulturen" der Industriegesellschaften könnten die Bewahrung der Erde ohne die Hilfe der ökologisch viel bewußteren und kenntnisreicheren Ureinwohner nicht leisten. Gleichzeitig prangert die Studie die „Gier nach Ressourcen" der Industrienationen an, die den Ureinwohnern die Lebensgrundlage raubt.

Ein modernes Mißverständnis?

Mit der zunehmenden Achtung vor der Weisheit der Ureinwohner wächst zwangsläufig auch die Kritik an der Haltung, sie als moderne Umweltschützer zu betrachten. Bisweilen ist diese Kritik sicher nicht ganz unberechtigt, denn die euphorische Glorifizierung der „edlen Wilden" wird ihrer Wirklichkeit ebensowenig gerecht wie die Verteufelung derselben als primitive Barbaren in der Vergangenheit. Das ist jedoch nicht der eigentliche Kern der Kritik – zumal gerade jungen Menschen zugestanden werden muß, auf der Suche nach Alternativen zur zerstörerischen Industriegesellschaft über eine gewisse Verklärung der indigenen Völker zu deren realistischer Wertschätzung zu kommen – und vielleicht auch einmal zu den eigenen Wurzeln.

Die wesentliche Kritik an der Rolle der Ureinwohner als Umweltschützer kommt zum einen von überzeugten Verfechtern der Industriegesellschaft, und darauf muß hier nicht näher eingegangen werden, denn die Motive sind allzu offensichtlich: Wenn die Erde von der Mehrzahl der Menschen nicht länger als unerschöpfliches Rohstoffreservoir und – neuerdings verstärkt – als gigantische Müllkippe für die Reste des Wohlstands betrachtet wird, dann hätte das grundlegende Konsequenzen für den Bestand der herrschenden Wirtschaftsordnung. Eine derartige Kritik mußte sich zum Beispiel der ausgesprochen populäre und den Indianern gegenüber sehr sensible Film von Kevin Costner „Der mit dem Wolf tanzt" in der konservativen amerikanischen Presse gefallen lassen:

„Costner hatte natürlich große Mühe zu zeigen, daß die Prärie-Indianer den einströmenden Weißen nicht unterlegen waren, sondern in den Dingen, auf die es wirklich ankommt, sogar überlegen. Um das nachzuweisen, hat er einfach alles aus dem traditionellen indianischen Leben unterschlagen, was ein modernes Filmpublikum unangenehm finden könnte, und statt dessen besonders betont, worauf es seiner Meinung nach eigentlich ankommt: Daß die Indianer im Gegensatz zu den weißen Brutalos, die an ihre Stelle getreten sind, in Harmonie mit der Natur und verantwortungsbewußt gegenüber der Umwelt gelebt haben", schreibt der Filmkritiker Richard Grenier in Commentary, März 1991.

Darüber hinaus kritisieren noch andere Kreise die vermeintliche Glorifizierung der „edlen Wilden". Nicht wenige Ethnologen oder sonstige Experten, die sich mit fremden Kulturen befassen, ohne deren wirtschaftliche Ausbeutung im Sinn zu haben, wehren sich dagegen, die indigenen Völker als vorbildliche Umweltschützer anzusehen. Bezeichnend für diese Kritik, die durchaus ernst genommen werden muß, ist ein Aufsatz des Ethnologieprofessors Thomas Bargatzky aus Bayreuth in der Zeitschrift *Universitas* vom September 1992. Aufgrund des beispielhaften Charakters soll diese Auffassung hier stellvertretend für andere näher betrachtet werden.

Unter dem Titel „ ‚Naturvölker' und Umweltschutz – ein modernes Mißverständnis" vertritt Bargatzky die These, daß es zwei grundlegend unterschiedliche Ansätze gibt, die Welt zu erklären, den mythischen und den wissenschaftlichen. In der mythischen Welt existiert demnach eine Einheit von allem, von Mensch und Natur; Subjekt und Objekt; Materiellen und Ideellem; Sakralem und Profanem, während die wissenschaftliche Welt die Dualität zur Grundlage hat. Bargatzky bemüht sich, beide Ansätze nicht zu bewerten, sondern betont, daß es sich um Prämissen handelt, die sich letztlich der Widerlegung oder Bestätigung entziehen.

Er wendet sich allerdings mit Nachdruck dagegen, die Ureinwohner, denen er das mythische Weltbild zuordnet, als „Naturvölker" zu bezeichnen, denn „wenn also das Wort ‚Naturvölker' überhaupt einen Sinn hat, wenn wir uns nicht entschließen können, es überhaupt ad acta zu legen, dann kann es sich jedenfalls nicht länger auf jene Völker beziehen, für die es bisher immer verwendet wurde. Es dürfte nur zur Bezeichnung jener Völker benutzt werden, die über einen eigenständigen Naturbegriff als Grundlage eines besonderen Naturverhältnisses verfügen. Mit anderen Worten: Naturvölker – das sind wir selbst. Erst die Setzung einer ontologischen Differenz zwischen Natur und Menschenwelt, erst die *Distanz* zur Natur macht die Schaffung der betrifflichen und theoretischen Grundlagen des Naturschutzes möglich. Diese Aufgabe können uns jene anderen Völker nicht abnehmen."

Den angeblich falsch verstandenen Naturvölkern konstatiert Bargatzky in der Praxis: „Um überleben zu können, müssen sich auch die ‚Naturvölker‘ produzierend die Natur aneignen und viele Kulthandlungen, zum Beispiel die Aufhebung bestimmter Tabus, haben daher den Zweck, die natürliche Umwelt aus den sakralen Gebundenheiten herauszulösen, um sie dem menschlichen Zugriff verfügbar zu machen. Gegenüber der Natur *an sich* verhalten sich die ‚Naturvölker‘ nicht protektiv ... Was hier wie ‚Naturschutz‘ aussehen mag, ist also allenfalls unbeabsichtigte Folge bestimmter Handlungen mit anderer Absicht."

An diesem Punkt ist dem Ethnologieprofessor entschieden zu widersprechen. ‚Natürlich‘ benutzen die indigenen Völker – der Ausdruck meint dasselbe, klingt aber weniger herablassend als Naturvölker – ebenfalls die Natur, doch geschieht dies nur, um ihre materielle Existenz sicherzustellen. Damit verlassen sie bewußt nicht den Kreislauf des Lebens und richten keine irreparablen Schäden an. Es ist sicher keine Diskriminierung zu behaupten, daß sich ihre Art der Existenzsicherung – und nur die ist in diesem Zusammenhang gemeint – nicht grundlegend von derjenigen der Tiere unterscheidet, die ebenfalls klug genug sind, sich nicht ihrer eigenen Lebensgrundlage zu berauben.

Genau das jedoch machen die Gesellschaftsordnungen,

denen laut Bargatzky ein wissenschaftliches Weltbild zugrunde liegt, also die Industrienationen. Sie benutzen die Natur nicht zur Existenzsicherung, sondern um Konsumbedürfnisse zu befriedigen, die noch dazu häufig künstlich erzeugt sind. Damit verläßt die Industriegesellschaft den Kreislauf des Lebens und richtet irreparable Zerstörungen an. Die Fakten sprechen für sich: All die Entwicklungen, die Angst und Rückzug ins Private auslösen, vom Ozonloch und dem Treibhauseffekt über das Waldsterben bis zur atomaren Verseuchung entspringen den Ordnungen, die Bargatzky als die „eigentlichen Naturvölker" sehen will.

Der Indianersprecher Sotsisowa (John Mohawk) hält der Industriegesellschaft in diesem Zusammenhang ihre fragwürdigen Prioritäten vor: „Angenommen, die Notwendigkeit von Ackerland stünde gegen die Notwendigkeit von Elektrizität, so gäbe die Kultur des Westens der Elektrizität den klaren Vorrang. Nahrung, in unserer Gesellschaft ein reiner Gebrauchsartikel, wird trotz seiner Rolle bei der Erhaltung menschlichen Lebens nicht als vorrangig betrachtet. Das Land und seine lebenserhaltende Funktion ist ersetzbar. Selbstversorgende Bauern, deren Existenz bedeutungsvoller ist, werden für die Bedürfnisse der städtischen Ballungszentren bereitwillig geopfert. Landstriche, die man für hydroelektrische Projekte überflutet, werden als regionale oder nationale ‚Opfergebiete' betrachtet. Im Moment befassen wir uns mit der Möglichkeit, daß diese Kultur die gesamte nördliche Hemisphäre als ‚nationales Opfergebiet' bestimmen könnte."

Sotsisowa, ein traditioneller Indianer, der sich aber in der intellektuellen Welt der Weißen auskennt, ist mit dieser Aussage nur eines von vielen Beispielen, die belegen, daß Bargatzkys Unterscheidung zwischen einem mythischen und einem wissenschaftlichen Weltbild rein akademisch ist und an der Realität der indigenen Völker vorbeigeht. Die These zwingt den Ureinwohnern von außen eine Beurteilung auf, die viele von ihnen gar nicht so empfinden.

Der traditionelle Lakota-Indianer Vine Deloria, der akademische Abschlüsse in Jura und Theologie vorweisen kann, sieht dagegen einen ganz anderen Unterschied zwischen der Welt der Indianer und der Welt der Weißen (wobei für Indianer auch Ureinwohner stehen könnte). Der Unterschied zwischen beiden Weltanschauungen ist für ihn der „zwischen einem Volk, das in der Natur lebt, und einem anderen, das in der Geschichte lebt. Indianer sind natürliche Umweltschützer, aber nicht etwa deshalb, weil sie eine besondere Erleuchtung über den Umgang mit der Welt von den spirituellen Mächten des Universums erhielten. Sie haben sich vielmehr von der Natur leiten lassen, indem sie die Verhaltensweisen der anderen Lebewesen nachahmten und sich ihrer natürlichen Umwelt anpaßten. Die Nichtindianer hingegen entdeckten, daß die Struktur der Welt sich verändern läßt, und richten ihr Verhalten nach dem zeitlichen Ablauf von Ereignissen und nicht nach dem Ort, an dem sie stattfinden."

Einige spätere Texte aus allen Teilen der Welt werden ebenfalls zeigen, daß die sogenannten ‚Naturvölker' die Natur sehr wohl aus der Distanz heraus beschreiben und ihre Zerstörung beklagen können.

Christentum als Bewahrer der Schöpfung?

Am Ende von seinem Aufsatz wehrt sich Bargatzky noch gegen die Behauptung, das Christentum mit seinem Auftrag „macht euch die Erde untertan" trage eine Mitschuld an der weltweiten ökologischen Krise. Er hält dagegen: „Ursprünglich war damit aber etwas ganz anderes gemeint als das, was man heute meist irrtümlich darunter versteht, nämlich kein Freibrief zur hemmungslosen Ausbeutung der Natur, sondern das Bild des Menschen als Herrn und *Hüter* über seine *Mitgeschöpfe* in der Schöpfung, wie es der Vorstellungswelt einer Hirtengesellschaft entspricht. Und ein guter Hirte richtet eben seine Herde nicht zugrunde."

Die Hierarchie mit dem Menschen an der Spitze wird damit von Bargatzky ausdrücklich bestätigt, und schon das widerspricht der Sicht der meisten Ureinwohner, die genau wissen, daß die Natur sehr wohl ohne die Menschen ihr allgemeines Gleichgewicht und damit sich selbst bewahren kann, daß aber umgekehrt der Mensch nicht ohne die Natur leben kann. Später wird noch genauer erklärt, welche Stellung der Mensch in der natürlichen Ordnung einnimmt.

Der bereits zitierte Sotsisowa sieht die Mißachtung der Natur durch das Christentum letztlich als Konsequenz der Mißachtung der anderen Religionen: „Das Christentum ist eine Ideologie der Technologie, da die christliche Botschaft besagt, daß die heidnischen Gottheiten und Geister der Wälder, Berge, Wasser und so weiter falsche Gottheiten sind, und daß Bäche und Flüsse keinesfalls heilig sind. Das Christentum ebnete den Weg für eine Philosophie, die besagt, daß es nicht falsch ist, mit Axt und Pflug den Wald in soundsoviel Holzkohle und soundsoviel Hektar Ackerland umzuwandeln."

Das Ende von allem

Ein Punkt von Bargatzkys Theorie der mythischen Welt verdient allerdings besondere Beachtung, wenn auch in anderer Form, als er es gemeint hat. Die indigenen Völker sehen eine Einheit in dem, was ihnen geschieht und dem, was der gesamten Erde angetan wird. „Unser Ende ist Euer Untergang" lautet zum Beispiel der Titel eines populären Buches über die Hopi von Alexander Buschenreiter. Der zu Beginn erwähnte Hopi-Älteste Thomas Banyacya führt dazu aus: „(Die Hopi) haben beobachtet, daß die weißen Brüder systematisch die Ureinwohner zerstören, wie sie es auch mit den natürlichen Reichtümern tun. Gemäß unserem Glauben und unseren Prophezeiungen wird die Existenz der Menschen auf dieser Erde bald beendet sein, wenn die Zerstörung fortschreitet."

In einer Mythe der brasilianischen Juruna-Indianer über das Ende der Welt sagt der Schöpfer zu den Menschen, die in das Juruna-Gebiet eindringen: „An dem Tag, an dem der letzte meines Volkes stirbt, werde ich den Lebensbaum wegstoßen. Das Himmelszelt wird einstürzen und jedermann unter sich begraben. Das wird das Ende von allem sein."

Einige drücken die Einheit von allem allerdings auch noch positiv aus, wie Aborigines-Geschäftsleute in einem Appell an die australische Regierung: „Unser Erbe ist das Erbe aller Australier. Seine Bewahrung ist unser aller Gewinn."

Aus der Verbindung vom eigenen Schicksal mit dem der Erde leiten die Ureinwohner ihre Verantwortung für die Schöpfung ab. Die heute neu entdeckte „esoterische" Weisheit der westlichen Industrienationen kommt den indigenen Völkern allmählich wieder nahe, denn sie besinnt sich ebenfalls darauf zurück, daß alles mit allem zusammenhängt und der Grundsatz „wie im Kleinen so im Großen" gilt. Zwar weiß auch die moderne Physik um derartige Zusammenhänge, doch weigert sich die Mehrheit in den Industrienationen nach wie vor, daraus ernste Konsequenzen zu ziehen. Der rücksichtslosen Ausbeutung und Vernichtung der Natur um fragwürdiger Konsumbedürfnisse und Machtgelüste willen wäre ja die Grundlage entzogen.

Die kosmische Ordnung

Wer sich näher mit der überlieferten Weisheit der Ureinwohner befaßt, wird bald erkennen, daß die Zahl Vier in ganz unterschiedlichen Kulturen eine wichtige Rolle spielt. Im Abendland ist sie die Zahl des Irdischen, und häufig ist das Quadrat das Symbol für die festgefügte Ordnung.

Die grundlegende Erfahrung mit der Vier sind die Himmelsrichtungen oder die Winde. Bei den Navaho (Diné)-Indianern sind ihnen sogar vier Farben zugeordnet: Weiß für den Osten, denn dort geht die Sonne auf, und sie macht die Erde hell; Blau (oder Türkis) für den Süden, denn so erscheint der Himmel bis zum Horizont, wenn die Sonne oben steht; Gelb für den Westen, wo die Sonne untergeht und schließlich Schwarz für den Norden, wo sie gar nicht zu sehen ist.

Der Sonnenlauf durch die vier Himmelsrichtungen symbolisiert auch das Rad der Zeit, dem sich niemand entziehen kann. Im Osten ist die Weisheit; der Lauf der Sonne im Süden ist der Lebensweg, die persönliche Bestimmung; der Westen steht für die Transzendenz, den Übergang in die andere Welt, und der Norden symbolisiert den Tod, aber gleichzeitig auch die Kraft.

Eine andere Tradition sieht im Osten das dynamisch vorwärtsstrebende männliche Prinzip; im Süden das spielerisch leichte kindliche; im Westen das bewahrende, gestaltende weibliche Prinzip, das gleichzeitig Spenderin und Hüterin des Lebens ist; sowie im Norden die Ur- oder Tierenergie, beziehungsweise die Klarheit. Häufig kommen zu den vier

Himmelsrichtungen auch vier heilige Berge, Seen, Quellen oder andere Naturdenkmäler.

Auch die kosmische Ordnung ist bei vielen Ureinwohnern nach dem Viererprinzip unterteilt – im Gegensatz etwa zur orientalisch-abendländischen Tradition mit der Drei als heiliger Zahl. Danach besteht der Kosmos aus vier Ebenen: Die erste Ebene sind die Elemente. Sie existieren aus sich selbst, sind sich selbst genug und von niemand abhängig. Die zweite Ebene ist die Pflanzenwelt, die auf die erste, die Elemente, angewiesen ist. Die dritte Ebene ist die Tierwelt, die auf die beiden ersten, die Elemente und die Pflanzen, angewiesen ist. Die vierte Ebene schließlich ist die Menschenwelt, die auf die drei vorhergehenden angewiesen ist. Nach dieser Ordnung ist der Mensch alles andere als die Krone der Schöpfung oder ihr guter Hirte. Er ist stattdessen ihr schwächstes Glied. Es leuchtet ein, daß eine solche Sicht Demut und Achtung vor der Natur lehrt und damit eine hemmungslose Ausbeutung von vorneherein verbietet.

Die Elemente selbst treten in den meisten Kulturen, wenn auch nicht in allen, in vierfacher Form auf. Eine Ausnahme ist der ost- und zentralasiatische Bereich mit den fünf Elementen Holz, Feuer, Erde, Eisen und Wasser.

Die über große Teile der Erde verbreiteten Elemente sind jedoch Wasser, Erde, Feuer und Luft. Sie symbolisieren das Leben – den Ursprung ebenso wie die Gesamtheit.

Wasser gilt nicht nur in der modernen Wissenschaft als Ursprung allen Lebens. Auch vielen Kulturen der Ureinwohner, denen Wissenschaft im rationalistisch-abendländischen Sinn völlig fremd ist, waren diese Zusammenhänge seit Urzeiten bekannt. Die Ergänzung zum Wasser bildet die Erde, die Voraussetzung für das menschliche Leben. Sie gibt dem Wasser die Form und wird gleichzeitig davon befruchtet. Wasser und Erde gelten als die weiblichen Elemente.

Ihre männlichen Gegenstücke sind Feuer und Luft. Feuer, die Energie, die für das Leben ebenfalls unerläßlich ist, kann ohne die Luft nicht brennen. Die Luft, das Symbol für den göttlichen Ursprung, erfüllt ihre Funktion mit dem Feuer, das die Energie verwandelt, auf eine höhere Ebene transformiert. So sind die vier Elemente auf sinnvolle Art miteinander verflochten, und ohne sie ist kein Leben denkbar.

Somit spielen die vier Elemente in den traditionellen Überlieferungen wie in den modernen Texten von Völkern, die so eng dem Kreislauf der Natur verbunden sind wie die Ureinwohner der Welt, eine nicht wegzudenkende Rolle. In ganz verschiedenen literarischen Formen werden ihre Funktionen beschrieben und ihre Verletzungen beklagt. Doch obwohl die Ureinwohner der Welt in 500 Jahren Kolonialismus ebenso mißhandelt wurden und noch immer werden wie die Schöpfung selbst, beschränken sie sich nicht auf Klagen. Ihre Botschaften können uns dagegen auf der Suche nach einem Ausweg aus der Sackgasse von großer Hilfe sein.

Der Charakter der Texte und auch die Art der Darstellung ist so unterschiedlich wie die kulturelle Vielfalt der indigenen Völker, und es entspricht dem Wesen dieses Buches, dem Rechnung zu tragen. Bei den Autoren und Autorinnen handelt es sich häufig um politisch aktive Menschen, deren Texte aus dem konkreten Engagement für ihr Volk und die Bewahrung der natürlichen Mitwelt entstanden sind. Viele arbeiten in Selbsthilfeinitiativen wie eigenen Schulen oder Zeitungen, und die meisten der Texte erschienen zunächst in Publikationen der indigenen Völker. Die Märchen und Mythen entstammen der zumeist nur mündlich überlieferten Erzähltradition dieser Völker. Um sie in der heutigen Zeit und für die Zukunft zu bewahren, mußten sie in schriftliche Form gebracht werden. Damit mag manches von ihrem Charakter verlorengehen, doch erscheint mir das ein angemessener Kompromiß, um die in ihnen tradierte Weisheit vor dem Vergessen zu bewahren.

ELEMENT FEUER –
DIE GEISTIGE REINIGUNG

Das Feuerelement steht im irdischen Bereich für die Energie. Es ist damit eine Grunderfahrung der Menschen, denn keines der Elemente kann sinnlich konkreter erfaßt werden als das Feuer. Die Rolle als Initiator spielt das Feuerelement auch in der westlichen Tradition. Nicht zufällig beginnt der astrologische Tierkreis mit einem Feuerzeichen, dem dynamischen Widder. In dem sogenannten Kleinen Arkanum des Tarots steht das Feuerelement ebenfalls den anderen voran. Es ist symbolisiert durch den Stab, der auch im profanen Bereich zum Aufbruch ruft. Feuer verändert, verwandelt Materie in Energie, die freigesetzt wird, aber nicht verlorengeht. Die Veränderung kann konstruktiv erlebt werden, zum Beispiel in Form von Wärme, eine Grundvoraussetzung für das Leben; aber auch zerstörerisch, wenn es außer Kontrolle gerät und alle greifbare Materie vernichtet.

Von der verändernden Wirkung des Feuers leitet sich seine spirituelle Bedeutung ab. Es steht dann für die geistige Reinigung. Viele Kulturen heben die läuternde Wirkung des Feuers (Fegefeuer) hervor. Wer durch das Feuer gegangen ist, ist ein anderer Mensch. Einmal mehr enthält auch der astrologische Tierkreis diese Weisheit, denn das letzte Feuerzeichen, der Schütze, gilt wie kein anderes als Sinnbild für Spiritualität und Sinnsuche. Im geistigen Bereich steht Feuer zudem für die plötzliche intuitive Eingebung, den Geistesblitz.

Die Industrienationen haben die Feuerenergie in den Dienst ihrer uneingeschränkten Produktion gestellt. Das ungeheure Potential ist nicht mehr da, um zu reinigen, sondern um dem Gewinn- und Konsumstreben zu dienen – selbst dann, wenn es offensichtlich auf lange Sicht nicht beherrscht werden kann wie in der Atomenergie.

Die Ureinwohner in verschiedenen Teilen der Welt wußten um die doppelte Wirkung des Feuers. Zahlreiche Zeremonien wie der Besuch in der Schwitzhütte oder der
Sonnentanz waren darauf ausgerichtet, sich diese Energien
für seinen persönlichen Wachstumsprozeß nutzbar zu machen. Die Sonne wird unter den Gestirnen dem Feuerelement zugeordnet und häufig besungen. In nahezu allen
Kulturen gilt sie, wie das Feuer selbst, als männliches Element. Offensichtlich haben die Ureinwohner gelernt, die
Sonne-Feuer-Energie zu beherrschen, denn sie wird durch-
weg positiv beschrieben – bisweilen als Gegengewicht zum
Mond, der offenbar furchteinflößender ist. Die Sehnsucht
nach der Sonne ist immer auch die Sehnsucht nach neuem,
ewigem Leben.

Zum Feuerelement gehören auch Tabak- und Rauchri-
tuale. Die Friedenspfeife ist weit über den indianischen Kul-
turkreis hinaus bekannt geworden. Bei den philippinischen
Bontoc sorgt der Tabak dafür, daß Mann und Frau zueinan-
derfinden und Nachkommen zeugen können.

Die unbeherrschte Feuerenergie, zum Beispiel in Vulka-
nen oder Blitzen, wird in den Texten nicht verschwiegen.
Und gerade weil die Ureinwohner um die beiden Aspekte
des Feuers wissen, wehren sie sich mit Nachdruck gegen
jedwede Art der Atomenergie. „Das Uran gehört der Regen-
bogenschlange" sagen die australischen Aborigines seit Jahr-
tausenden. Wenn sie geweckt wird, kennt sie keine Gnade.

SONNE UND MOND

Ein Märchen der San (Buschmänner)
aus dem südlichen Afrika

Früher war die Sonne ein Mensch. Sie war ein Mann, ein Buschmann. Seine Achselhöhle war das Licht, und wenn er seinen Arm hob, wurde es hell und warm auf der Erde. Nahm er ihn herunter, wurde es Nacht und kalt.

So geschah es viele, viele Jahre. Jeden Morgen nahm der Mann seine Arme hoch, und wenn er abends müde wurde, ließ er sie herabhängen.

Nach langer Zeit wurde der Mann alt und schwach. Er schlief fast ohne Unterbrechung. Immer seltener konnte er seine Arme erheben, und immer häufiger blieb es dunkel auf der Erde. Die Menschen wurden unruhig und riefen: „Wir müssen den Mann in den Himmel werfen, damit er ganz und gar Sonne wird, damit er uns Licht bringt und uns wärmt."

Sie überredeten die Kinder, den alten Sonnenmann mit erhobenen Armen zu fangen, während es warm und hell war. „Ergreift ihn, werft ihn in die Luft und beschwört ihn, dort zu bleiben, für immer und ewig."

So geschah es. Während er durch die Wolken flog, formte er sich zu einer feurigen Kugel, zur Sonne. Das Dunkel verschwand, der alte Mann blieb am Himmel stehen, beleuchtete die Menschen und gab ihnen Wärme. Nie dachte er daran, wieder Mensch zu werden.

Die Buschmänner freuten sich, denn nun konnten sie sehen. Sie sahen andere Leute, sie sahen Bäume und Büsche, sie sahen das Wild, das sie jagen wollten, sie sahen das Fleisch, das sie aßen. Sie gingen auf den Pfaden, die sie sehen konnten, und sie redeten miteinander, während sie sich gegenseitig ins Gesicht blicken konnten. Sie waren glücklich.

Aber es gab noch etwas, das früher ebenfalls ein Buschmann gewesen war. Das war der Mond. Aber der Mond war nicht gut. Obwohl die Menschen zu ihm beteten, schauten sie ihn nicht an, denn er war kalt, und sie hatten Angst vor ihm. Auch die Sonne ärgerte sich über ihn. Wenn er nachts am Himmel erschien, verfolgte sie ihn, um ihn zu vertreiben, doch er wich nicht.

Aber sie war größer und mächtiger als er, und so beschnitt sie ihn mit dem Sonnenmesser. Mit jedem Tag wurde er schmaler und nahm ab.

Ihm wurde sehr ängstlich zumute. „Töte mich nicht, Sonne!", bettelte er, „laß mir wenigstens mein Rückgrat, damit die Menschen mich noch sehen können!" Sie hatte Mitleid und erfüllte seinen Wunsch: Ein so schmales Stück Mond würde keinen Schaden anrichten können!

Der Mond erlitt große Schmerzen. Er schämte sich, daß er so schwach war und verzog sich in die Einöde, um Kraft zu schöpfen und wieder groß und stark zu werden. Er wurde ein neuer Mond. Er lebte wieder, obwohl er gedacht hatte, sterben zu müssen.

Als er wieder so rund war wie vorher, kehrte er zum Himmel zurück und wandelte wieder durch die Nacht.

Selbst die Sonne bewunderte ihn und gab sich zufrieden, als sie sah, daß sie ihn nicht besiegt hatte. Von nun an einigten sie sich: war die Sonne am Himmel, so mußte er weichen, es wurde hell und warm. Kam jedoch der Mond, so mußte sie untergehen und verschwinden. Und dabei blieb es.

Sie kamen und gingen, die Sonne und der Mond, und beide waren zufrieden.   *(Märchen der Buschmänner)*

WIE DIE SONNE ENTSTAND

Ein Märchen der Inuit (Eskimos) aus Alaska

Es ist schon lange, lange her, da lebten in einem Dorf ein Mann und eine Frau.

Die Frau hatte kein leichtes Los, denn ihr Mann war böse und hatte kein gutes Wort für sie. Keinen Bissen gönnte er ihr, und von dem Essen, das sie kochte, gab er ihr nur so wenig ab, daß selbst seine Hunde besser dran waren. Wenn sie fror, jagte er sie vom Feuer weg, denn er wollte auch die Wärme ganz für sich allein haben. So böse war der Mann.

Die Frau ertrug lange ihr Schicksal geduldig, aber als es immer unerträglicher wurde, da beschloß sie schließlich, den Mann zu verlassen und zu fliehen.

Im Morgengrauen, als ihr Mann noch fest schlief, stand die Frau auf, suchte ihre Sachen zusammen und zog sich warm an. Sie nahm den wärmsten Bärenpelz, eine Mütze aus Silberfuchs, schlüpfte in ihre Seehundstiefel und verließ die Hütte.

Als der Mann erwachte, war die Frau verschwunden. Er suchte sie im ganzen Dorf, fragte die Nachbarn, aber keiner hatte sie gesehen. Wütend kehrte er in die leere Hütte zurück und wartete. Ein Tag und eine Nacht vergingen – doch die Frau kam nicht wieder zurück.

Am nächsten Morgen zog der Mann los, die Frau zu suchen. Es war ein klarer, sonniger Tag, und als der Mann auf den Hügel hinterm Dorf kam, da sah er in der Ferne am Horizont eine kleine Gestalt. „Das ist sie!" rief er und eilte der Ausreißerin nach. Er war größer als sie und konnte längere Schritte machen, so daß sich der Abstand zwischen den beiden ständig verringerte. „Warte nur, bald hab ich dich, und dann kannst du was erleben!" schimpfte der Mann. Da aber wurden ihm auf einmal die Beine schwer, und die Augen fielen ihm vor Müdigkeit zu. Ehe er sich's versah, war er eingeschlafen.

Als er aufwachte, sprang er schnell auf die Beine und schaute nach seiner Frau aus. Die war, während er geschlafen hatte, wieder ein ganzes Stückchen weitergekommen.

„Denk ja nicht, daß ich dich nicht einhole!" tobte der Mann und rannte ihr wieder nach.

Und so liefen und liefen die beiden bis ans Ende der Welt und rutschten dort hinab.

Inzwischen war es Nacht geworden.

Die Frau sah in der Ferne ein schwaches Licht, und als sie ihm nachging, kam sie in ein Dorf. Aber in was für eins! Alle Menschen, die sie dort sah, schliefen. Und sie schliefen so fest und tief, daß nichts und niemand sie aufwecken konnte.

Da ging die Frau weiter, bis sie wieder in der Ferne einen schwachen Lichtschein sah, und als sie ihm nachging, da kam sie in ein noch seltsameres Dorf, so still, daß sich nicht einmal ein Lüftchen regte. Auch hier lagen überall Menschen, nur daß diese Menschen nicht schliefen, sondern tot waren. Die Frau erkannte unter ihnen auch ihre Eltern und Großeltern, die schon vor vielen Jahren gestorben waren. Es war das Dorf des Todes.

Grauen packte die Frau, und sie rannte davon, ohne nach links oder rechts zu schauen, wollte nur fort von diesem Ort. Sie lief und lief, bis sie in der Ferne einen Lichtschein sah, der immer heller und größer wurde. Das war der heraufziehende Tag. Die Frau wäre am liebsten umgekehrt, aber sie durfte nicht einmal verschnaufen, weil ihr böser Mann ihr noch immer auf den Fersen war.

Und es war ja auch viel zu spät zur Umkehr! Die Frau lief längst nicht mehr auf der Erde, sondern über den Himmel.

Und von dem schnellen Lauf begann sie immer mehr zu glühen und wurde zur Sonne.

Und der Mann, der sie verfolgte, verwandelte sich in den Mond.

Seit der Zeit läuft der Mond am Himmel der Sonne nach. Aber alle sechs Tage wird er müde und bleibt zurück. Und wenn er sich nach sechs Tagen erholt und verjüngt hat, läuft er wieder hinter der Sonne her.

Und so geht es immer weiter und weiter. *(Eskimo Märchen)*

DIE SCHÖPFUNG

Eine Mythe der Aborigines aus Australien

Hoch über Tya, der schlafenden Erde, thronte Baiame, der mächtige Himmelsgott. Sein gewaltiger Leib aus glänzendem Kristall ruhte auf steinernen Säulen, und in der Dunkelheit war Yih, die Sonne, in einen tiefen Schlummer versunken.

Die Welt lag starr vor Kälte, über dem öden Land lastete eine lähmende Stille. Aus der nackten Erde ragten allein die kahlen Gerippe der Berge empor, in deren zerklüfteten Höhlen die künftigen Lebewesen ihrer Vollendung entgegendämmerten.

Endlose Zeit verging, da tönte die Stimme des Vatergottes durch den Raum: „Steig hinab, und rufe die Geschöpfe ins Leben nach meinem Willen. Erwecke zuerst die Gräser, Pflanzen und Bäume, dann bringe die Insekten, Fische, Reptilien, die Schlangen, Vögel und alles vierbeinige Getier hervor!" Yih erwachte. Ihr Atem ließ die gefrorene Luft erzittern, aus ihren leuchtenden Augen brach ein heller

Lichtstrahl hervor, der die junge Göttin mit gleißendem Feuer umhüllte. Langsam stieg sie zur Erde hinab, da, wo sich die große Nullarborebene im Süden des Landes erstreckt. Von hier reiste Yih in alle Richtungen des Windes, doch immer wieder führte der Weg zum selben Ausgangspunkt zurück. Die Dunkelheit wich ihrem Glanz, aus ihren Fußstapfen sprossen die Kräuter und Pflanzen, bis schließlich die ganze Welt in neuem Wachstum erblühte. Müde mußte die Sonnenmutter eine Weile rasten. Die Vielfalt ihrer Geschöpfe aber, die zartesten Gräser und die mächtigsten Bäume, lebten im Frieden miteinander.

Abermals erhob sich die Stimme:

„Nun setze das Werk fort und erleuchte das dunkle Innere Tyas."

Yih durchwanderte die kalten unterirdischen Räume, die sie mit ihrem wärmenden Licht erfüllte. Bald schon krochen aus Höhlen und Spalten die unübersehbaren Scharen der Insekten hervor, schillernd in den verschiedensten Farben, von mannigfaltiger Größe und Gestalt. Nach allen Seiten schwärmten die Lebewesen und überzogen das grünende Gewand Tyas mit ihren bunten Gewimmel.

Die Sonnenmutter bestieg den Gipfel des höchsten Berges, um sich an der Schöpfung Baiames zu erfreuen. Von dort trug sie ein brausender Wind in die entferntesten Gegenden der Erde, bis sie wieder auf die steinige Nullarborebene zurückkehrte. Hier ruhte Yih eine Zeitlang, ihr helles Feuer aber strahlte ohne Unterlaß, denn damals kannte die Welt noch keine Nacht.

Viele Male befolgte die Sonne die Weisung des Himmelsgottes. Vor ihrer Wärme schmolz das Eis der Höhlen, und aus dem Schoß der Erde ergoß sich ein unaufhörlicher Lebensstrom ans Tageslicht. Schlangen und Echsen krochen auf ihren blanken Bäuchen, buntgefiederte Vögel flatterten durch die Lüfte, und muntere Vierbeiner bevölkerten den Busch. Auch klares Wasser sprudelte aus der Tiefe hervor, bewohnt von glitzernden zappelnden Fischen.

Voller Freude betrachtete die junge Göttin ihr Werk. Ein letztes Mal trug sie der Sturmwind im sausenden Flug davon, dann zog sie nach Westen und verschwand aus den Augen der Welt.

Eine große Dunkelheit brach über die Erde herein. Ängstlich drängten sich die Geschöpfe zusammen, doch bald schon leuchtete im Osten wieder das strahlende Antlitz der Sonnenmutter.

Oft noch wiederholte sich dieser Vorgang, bis alle Lebewesen an den Wechsel von Tag und Nacht gewöhnt waren. Bei Tageslicht gingen sie ihren Beschäftigungen nach, des Nachts aber schliefen sie in Erdlöchern oder im Schutz der dichten Bäume. Selbst die bunten Blumen verschlossen im Dunkeln die Kelche, allein die Akazien hielten die ganze Nacht ihre zarten Blütenblätter geöffnet, weil sie fürchteten, in der Finsternis ihre Schönheit zu verlieren. Mit Tagesanbruch verkündete das fröhliche Gezwitscher der Vögel die nahende Sonne, und in der frühen Morgendämmerung stiegen die Tautropfen zum Himmel empor, um Yih zu begrüßen. *(Wie das Känguruh seinen Schwanz bekam)*

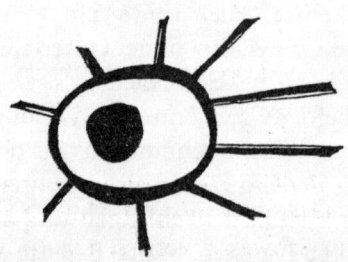

DIE SCHÖPFUNG

Eine Sage der Bontoc aus den Philippinen

Vor langer, langer Zeit wurde die Erde von einer großen Flut heimgesucht, die alles Leben vernichtete. Nur ein Mann vom Berg Kalauitan und eine Frau aus Chalimono überlebten die Katastrophe. Unter großen Anstrengungen gelang es der Frau, Feuer zu machen, und als der Mann den Rauch aufsteigen sah, freute er sich sehr, denn nun wußte er, daß er nicht mehr allein war. Zunächst schickte er seine Katze aus, um nach dem Ursprung des Feuers zu sehen und es ihm zu holen.

Als die Katze auf die Frau trifft, ist diese ganz gerührt, von einem weiteren Lebewesen zu erfahren. Sie weigert sich jedoch, der Katze das Feuer zu geben, sondern will vielmehr den Auftraggeber selbst treffen. Sie läßt deshalb diesem durch die Katze übermitteln, daß sie sich mit ihm auf dem Berg Chafollan, der auf halber Strecke liegt, zu treffen wünsche.

Der Mann ist über diesen Vorschlag sehr erfreut und macht sich auf den Weg. Nach einer Tagesreise begegnen sie sich auf dem Berg Chafollan. Wie groß ist die Überraschung, als sie sich als Bruder und Schwester erkennen! Und wie groß die Empörung, als der Gott Kabunian bestimmt, sie sollten heiraten und Nachkommen zeugen!

„Wie können wir heiraten und Nachkommen zeugen, wenn wir Bruder und Schwester sind", widersetzt sich die Frau Kabunians Ansinnen. Der läßt daraufhin zum Schein von ihr ab und bedrängt sie nicht weiter. Statt dessen gibt er dem Mann Tabak, das Symbol für Frieden und Zusammengehörigkeit. Er trägt ihm auf, zum Fluß zu gehen und so zu tun, als ob er die Schwester verlassen wolle. Als die Frau das sieht, ändert sie ihre Meinung und stimmt der Heirat zu, denn durch das Geschenk des Tabaks ist sie überzeugt, daß sie ihren Weg gemeinsam gehen müssen. Aus Freude über diesen Entschluß und auch aus Sorge und das Schicksal der kommenden Generationen gibt Kabunian beiden Reis, Bananen, Schweine, Hühner, Hunde und andere Haustiere. Derartig versorgt und befreit von täglicher Mühe, schenkt die Frau vielen Kindern das Leben, deren Nachkommen heute die Bevölkerung in den Cordilleren bilden. *(Ludwig [1])*

Zsuthe

SONNENTÄNZER

Figuren tauchen auf, nehmen Form an, dann verschwinden sie.
Dein Gesicht vor mir,
wie du zum Heiligen Baum betest.
Adlerknochen pfeifen schrill Macht
Federn sträuben sich magisch, im Tanz.

Deine Augen spiegeln die Kraft
des Heiligen Baumes
ruhig und ernst
Innerhalb des Heiligen Kreises im Bewußtsein deines
Zieles und
tanzend – unaufhörlich tanzend.

Als du stärker wurdest
und dein Herz im Gleichklang
mit dem Rhythmus des Universums schlug

wurden auch die Herzen in deiner Umgebung leichter.
Danach machte uns jeder Trommelschlag
tanzen – tanzen.

Eindringlich und betend
für mein Volk, sagtest du,
Eindringlich und betend und schließlich
Mitakuapiewasni (alle meine Verbindungen!) abbrechend.
Immer tanzen – tanzen.

Die Erinnerung an den Sonnentanz
wird mich zeitlebens zu den
Heiligen Wegen den Alten zurückbringen
Ebenso wie die Erinnerung an die Sonnentänzer mich
immer auf die Wege des Jungen Kriegers zurückbringen
werden.
Denn sein Geist wird bis in alle Ewigkeiten
tanzen – tanzen.   *(Akwesasne Notes [1])*

Karoniaktatie

DIE SONNE WIRD AUFGEHEN

Der Mond wird aufgehen
in farbenprächtigem Fieber
Denn alles was wir
kannten ist Dunkelheit
& in Dunkelheit
wird die Botschaft kommen

die Sonne wird aufgehen
in tropfendem Blut
denn alles was wir
kannten ist Dunkelheit
doch getötet wurden wir
in der grellgleißenden Hitze
des Tages Knochen bleichten
alterten wir bemalen sie
rot & schwarz

Es ist eine Zeit
der Visionen
es ist eine Zeit
des Malens
Nicht länger verbergen wir
unsere Träume
Wir tragen sie
auf unseren Hemden
um unseren Hals
Sie machen Musik
in unseren Haaren.   *(Akwesasne Notes [2])*

AUF DER SUCHE
NACH DER GOLDENEN SONNE

Eine Mythe aus Osttimor

In einem fernen Kontinent ging einst ein Krokodil an Land. Es war lange unterwegs und verlor allmählich seine Orientierung. Außerdem setzten ihm die Hitze und Trockenheit zu, und es drohte zu verenden. Dies bemerkte ein kleiner Junge, der Mitleid mit dem großen Tier bekam. Er bot seine Hilfe an und führte es sicher zum Meer zurück.

Dort angekommen war das Krokodil voller Dankbarkeit gegenüber dem Jungen. Es versprach: „Ich besitze nicht viel und kann dir deshalb nichts schenken, aber du hast einen Wunsch frei". „Schön", antwortete der Junge, „bring mich bitte zum Land der goldenen Sonne". Das Krokodil willigte ein, ließ den Jungen auf seinen Rücken steigen, und so begann eine lange Reise über das Meer.

Mit der Zeit wurde das Krokodil hungrig, und es kam fast in Versuchung, den Jungen zu verspeisen, doch die anderen Tiere ermahnten es, das darfst du auf keinen Fall, er hat dir doch das Leben gerettet. Da es im Grunde ein gutes Krokodil war, zeigte es sich einsichtig und zog weiter mit dem Jungen, denn der Weg zur goldenen Sonne war weit.

Irgendwann war das Krokodil am Ende seiner Kräfte. Es blieb auf dem Wasser liegen und schlief ein. Dabei dehnte sich sein Umfang immer mehr aus, bis es schließlich die heutige Größe der Insel Timor angenommen hatte. Der Junge aber betrachtete die neue Insel als seine Heimat und wurde zum Urahnen aller Timoresen. Noch immer gilt Osttimor als „Land des schlafenden Krokodils". In einigen Gegenden ist es ein strenges Tabu, Krokodile zu töten.

Die goldene Sonne, nach der sich der erste Timorese gesehnt hat, spielt noch immer eine wichtige symbolische Rolle. Manche timoresische Oberhäupter tragen auf ihrer Brust eine große goldene Scheibe als Zeichen ihrer Würde, die an die mythische goldene Sonne erinnern soll.

(Ludwig [2])

Tatanka Yotanka (Sitting Bull)

DER FRÜHLING

Brüder und Schwestern,
der Frühling ist gekommen.
Die Erde hat die Umarmungen
der Sonne wiedererlangt
und wir werden bald
die Früchte dieser Liebe sehen.
Jeder Same ist aufgewacht
und genauso das tierische Leben.
Durch diese geheimnisvolle Kraft
haben wir beide unser Dasein. *(Tatanka)*

Alice Flynn

DIE RACHE DES VULKANS

Ixalco,
Dort, wo der schwarze Sand
wie eine Fackel brannte,
die weit draußen auf dem Meer
noch wie ein Leuchtturm zu sehen war.

Die Flamme von Ixalco
war berühmt.
Sie war mehr als ein Naturwunder
oder Wahrzeichen.
Hier loderte der gewaltige Atem
eines Geistes
unmittelbar aus der Erde.

Doch gewisse Leute,
die nur nach Touristenattraktionen Ausschau halten
und in Dollarbeträgen denken,
hielten sich für besonders schlau,
als sie auf den Klippen über Ixalco
ein Hotel erbauten.

Die Einheimischen verstanden,
welche Beleidigung den Geistern zugefügt wurde.
Und sie schüttelten wissend die Häupter,
als bei der Entstehung des Hotels
die Flamme von Ixalco
erstarb.   *(Akwesasne Notes [3])*

Lowell Jaeger

COYOTE UND DIE KRIEGSWALSEN

Nach dem Blitz wurden die Menschen gebraten
      wie Fisch in einer Pfanne.
Coyote empfand Mitleid mit den wenigen,
      zu Tode erschöpften Kindern,
die Holzkohle und Asche abgeschüttelt hatten
      und jetzt in den Trümmern nach Nahrung
suchten.
Er schlug seine zerlumpte Decke zu einem Bündel um
die Waisenkinder
      und trug seine schwere Last auf dem Rücken
in die Hügel, Wälder und Felder.
„Dies hier sind Blumen", sagte Coyote.
      Er zog das kleinste Kind am Ohr aus seinem
Bündel,
sag sein machtvollstes Gebet
            und das Kind summte davon
           – einer Biene gleich.
„Hier stehen Büsche mit Beeren", sagte Coyote,
      Er zog ein anderes Kind an seinem Zeh heraus,
sang sein Gebet und das Kind schlug
    mit seinen Flügeln – einem Vogel
          gleich.
   „Dies ist eine hohe Kiefer", sagte Coyote.
   An seinem Hosenboden zog er ein sehr kleines,
   mageres
Kind hervor, das sogleich in den höchsten Zweigen
      tanzte und wirbelte –
      einem Eichhörnchen gleich.
Nach und nach holte Coyote auf diese Weise

ein Kind nach dem anderen hervor,
bis Summen, Zwitschern, Bellen und all' die anderen
Harmonien erneut die Luft erfüllten.
Coyotes Herz aber sank wie ein Wunschpfennig
auf den Grund einer warmen Lagune.

Weit weg von der glühenden Wüste
kletterte Coyote auf einen Felsen,
der aus den Wogen aufragte.
Doch da schleuderten gallert-
artige, einzellige Bestien
– unaufhaltsam –
ihre großen Ideen aus den tiefsten Tiefen
des salzigen Wassers empor und suchten sich einen
Weg
hinauf zum Strand. *(Ludwig [1])*

Paulus Utsi

FEUERPLATZ

Unsere Kultur ist ein Herd
am Herd glühen Brände
Aus den Bränden steigt Rauch
der lockt.

Blas in die Glut
damit sie nicht verlösche!
Stochere im Feuer, damit es aufflamme!
Leg Holz und Reisig zu
damit die Glut die Wärme erhöht
und unsere Kultur weiterlebt! *(Ludwig [1])*

Ray Baldwin Louis

DER KREIS

Das Licht der Sonne ist mein Leben.
      Der Wind, der mich umspielt, ist mein Leben.
Der Wechsel von Tag und Nacht ist mein Leben.
      Mein Leben ist ohne Ende,
denn alles Sein ist Teil
      des Kreislaufs der Zeiten.
Die Sonne ist rund,
Der Mond ist rund,
die Welt ist rund.
Auch mein Leben folgt dieser Bahn.
Die Augen meines Enkels, des Bären, sind rund.
Die Augen meines Enkels, des Eichhörnchens, sind
rund.
Das Gesicht meines Enkels, des Pumas, ist rund.
Auch mein Gesicht, meine Augen, sind rund.
Denn so wurde das Leben geschaffen,
rund
in einem Kreislauf ohne Ende.

                                              (Ludwig [1])

Juan Reyna

ALTE KRÄHE

Als der Herr der Morgendämmerung erschien
und die gefiederte Schlange wiederkam,
sagte mir eine alte Krähe,
wie man ein gutes Leben führen könnte,
wie die Natur es sie gelehrt.

Freue dich
        halte die Augen offen
        entzünde das Feuer, sei Freund mit ihm
        flüstere von der Schönheit um dich

        Unten
oben
sei überall zuhaus
sieh dich weiter um
                beim zweiten Mal
                langsamer
und jedesmal singe dabei
und dir werden Flügel wachsen.   *(Mailandt)*

Robert Shenandoah

ICH DANKE DEM SCHÖPFER

Ich danke dem Schöpfer für die herrliche Gabe
... die Gabe ist Leben.

Wenn du aufhörst zu denken, wirst du wissen ...
wenn du lange genug gedacht hast.
Der Schöpfer gab uns unseren guten Bruder Sonne.
Die Sonne scheint am Tage, scheint auf unsere Ernte,
und die Ernte gedeiht.
Drum danken wir der Sonne.
Unsere Großmutter Mond ist die Sonne der Nacht.
Sie scheint in der Nacht,
damit wir den Weg sehen.
Drum danken wir Großmutter Mond.

Unsere Mutter Erde sorgt für uns,
solange wir hier ihr Gast sind.
Sie gibt uns Speise, Trank und Obdach.
Sie gibt uns das Feld,
damit wir Mais und Bohnen,
Kürbis, Kartoffeln und Zwiebeln pflanzen können.
Sie gibt uns Holz für ein wärmendes Feuer,
wenn es kalt wird.

Drum danken wir der Mutter Erde für alles,
was sie für uns tut.

(Mailandt)

Anonym

WEGBEREITER DES FRIEDENS

Berge starren von
langen Tannennadeln.

Schnee fällt.

Ich bringe den Feuer-Menschen
diese herrliche, weiße Pinie
sie soll eingepflanzt und betreut werden.

Atotarho,
du wirst das Feuer nähren
und dich um den Baum kümmern.

Sieh' da, ein Adler!
hat sich auf dem Felsrand niedergelassen.

Berge sind in dein
Tal gekommen.

Der Flaum der Distel
wird den Erdboden
unter der weißen Pinie bedecken.

Das wird dein Lager sein.

Atotarho,
schüttle die Schlangen
aus deinem Haar.

Jeder von uns ist einer aus einem Kreis.

(Akwesasne Notes [4])

Rolling Thunder

DIE QUELLE DER LEBENSENERGIE

Professoren lehren viel über Atome und die verschiedenen Energiequellen, doch sie haben die Blitze vergessen – die Quelle der Lebensenergie. Sie wissen immer noch nicht, wie genau Blitze entstehen und zur Erde gelangen, was es mit bestimmten Felsen auf sich hat, die diese Energien in sich tragen, und daß alles Leben etwas vom Blitz enthält.

Alles was lebt, hat auch elektrische Kraft in sich. Die Energie muß in bestimmte Richtungen fließen, und wenn sie gestört wird oder aus dem Gleichgewicht gerät, dann kann das Auswirkungen auf unseren Körper haben – wir werden dann vielleicht krank oder sogar gelähmt. Dieser Energiefluß im menschlichen Körper ist sehr wichtig.

Der Energiefluß in bestimmte Richtungen ist nicht minder wichtig für die Erde und die Atmosphäre. Blitze sind das sichtbare Zeichen der dynamischen Beziehung zwischen entweder atmosphärischen Feldern von positiv und negativ geladenen Teilen in der Luft oder zwischen diesen Feldern und der negativ geladenen Erde. Eine Mindestzahl dieser Ionen ist unentbehrlich für richtiges und gesundes Wachstum von Pflanzen, Insekten und besonders Säugetieren.

(Rundbrief Indianer Heute [1])

Tom LaBlanc

HIROSHIMA

Erinnerst Du Dich an Hiroshima?
Niemals vergiß Hiroshima!

Erinnerst Du dich an den heißesten der Sommertage?
Niemals vergiß den heißesten der Sommertage!

„Es ist heiß! Es ist heiß! Es verbrennt uns!", schreien die
Menschen,
sie stürzen sich in den Fluß, doch
der Fluß kocht bereits,
dies ist der Anblick der Hölle!
Die Kinder haben keine Zeit mehr zu schreien, sie
verbrennen in den heißen Flammen.
Die Männer verwandeln sich in bloße Schatten im Asphalt!
Die Menschen sind nur noch Tätowierung auf den Mauern!

Erinnerst Du dich an Hiroshima?
Niemals vergiß Hiroshima!
Oh, kannst Du mir sagen,
wohin sie alle gegangen sind?
Sind sie wirklich tot und vergangen
oder sind sie nur gleich
hinter der nächsten
Ecke?   *(LaBlanc)*

WIR GLAUBEN AN DIE NATUR

Botschaft der Sami

Wir glauben an die Natur – aber nicht an so Unnatürliches wie Kernkraft. Doch dann fragt man sich: woher nimmt man dann die Energie, die man braucht? Und braucht man überhaupt soviel Energie? Das meiste geht doch zum Luxuskonsum. Wir haben hier keinen elektrischen Strom, keine Wege. Warum müssen dann *wir* unter den Fortschritten der Welt leiden, wenn wir ihre Vorteile nicht nutzen dürfen? Unschuldige Menschen werden in Mitleidenschaft gezogen und zwar so schwer, daß sich die ganze Kultur verändert. *Kultur* – das ist eine Lebensform, die Art zu denken und zu bewerten. Die Bewertung ändert sich aber, wenn man selber betroffen wird. Unser ganzer Maßstab ändert sich – alles wird finanzieller bewertet. Man berücksichtigt das Rentier nicht mehr so, wie man sollte. Man soll aber zuerst Rücksicht auf das Tier nehmen ... Aber jetzt, nach dieser Tschernobyl-Katastrophe, jetzt heißt es: auf Cäsium achten ... und das versteht ja das Rentier nicht! Da müssen wir nun ungewollt gegen die Natur arbeiten. Das Rentier spürt, daß es in den Wald möchte ... aber es weiß ja nichts von Cäsium in der Renflechte. So kriegen wir andere Richtlinien. Wir ändern unsere Normen gegenüber dem Rentier. Früher haben wir immer zuerst an das Tier als Tier denken können – jetzt müssen wir vielleicht wirtschaftliche Aspekte anlegen und es als produktive Ware sehen! Es ist aber nicht gut, wenn es so kommt. Dann arbeitet man in der Natur gegen die Natur. Und dann geht schließlich alles zum Teufel! Man kann das nämlich nicht kombinieren: in der Natur – gegen die Natur zu sein. Das hält nicht auf die Dauer.

(Stüssi)

Winona La Duke

„URAN, AUS DER BRUST UNSERER MUTTER GERISSEN, ZERSTÖRT LEBEN"

An die Frauen:

Wir glauben, daß das Leben heilig ist. Frauen und Männer arbeiten zusammen, um mehr Leben zustande zu bringen. Dabei haben die Frauen die Macht, dieses Leben auf die Erde zu bringen. In unseren Völkern werden die Frauen geachtet als die Hoffnung, das Rückgrat unserer Nationen, und als diejenigen, die die Generationen der Zukunft bringen. Wir leben unser Leben für die Hoffnung, daß es starke Generationen der Zukunft geben wird. Wir glauben daran, daß dieses unsere Verantwortung ist. Unser Volk, wie so viele andere in der Welt, betrachtet die Erde als unsere Mutter. Für uns repräsentieren Frauen die Erde, weil sie genau wie unsere eigenen Mütter, uns unser Leben gab. Unsere Großmutter ist der Mond, und unser Großvater die Sonne. Was wir verstehen, ist, daß wir ein Teil all unserer Beziehungen sind. Alle unsere Leben geschehen in Zyklen. Es gibt vier Jahreszeiten auf unserer Mutter, genau wie es vier Jahreszeiten des Lebens gibt. Es gibt Zyklen in unserer Großmutter, genau wie auch Frauen Zyklen haben. Unsere Vorstellung von der Zeit ist ebenso zyklisch – während andere Völker eine lineare Zeitvorstellung haben. Die lineare Zeitvorstellung wird dazu verwandt, eine Idee vom „Fortschritt" zu definieren. Linearer Fortschritt dagegen ist bestimmt durch das, was „technologischer Fortschritt" genannt wird – oder auch „wirtschaftliches Wachstum". Diese Begriffe sind für uns fremd.

Allerdings verstehen wir die Konsequenzen dieser Begriffe. Als Frauen fühlen wir, daß die technologische Ausmerzung unserer Kraft, Kinder zu erzeugen, eine Verletzung des Lebens ist. Nicht nur unser Körper, sondern auch die Zukunft unseres Volkes ist gefährdet. Sterilisation ist Realität für eine von vier Eingeborenen Amerikanischen Frauen, die in den USA leben. Wir fühlen, daß der Diebstahl unserer Kinder weg vom Roten Volk ebenso eine Verletzung unseres Lebens ist – unseres Überlebens; jedoch wird eines von drei Indianerkindern unserem Volk wegenommen und in die Amerikanische Gesellschaft gesteckt. Hier wird das Kind mehr über den „Fortschritt" lernen.

Wir fühlen, daß Unterernährung eine weitere Verletzung unserer Menschenrechte ist. 85 % aller in Reservaten lebenden Ureinwohner Amerikas haben diese Krankheit!

Wir trennen uns nicht von unserer Mutter. Was wir als wahr erkannt haben, ist, daß, wenn sie zerstört ist, auch wir es werden. Wenn wir zerstört werden, wird auch sie es.

An unserer Mutter Tagebau zur Kohleausbeutung zu betreiben, bedeutet, sie für Tausende von Jahren unfruchtbar zu machen. Von den Narben erwächst kein Leben. Daraus gebärt sie keine Kinder. Unserer Mutter ihr Inneres herauszunehmen, ihre grünen Kinder von ihr wegzunehmen, und Minerale und Pflanzen ins Unendliche industriell zu verarbeiten, – bedeutet, einen Teil von ihr zu stehlen, Kindesraub in den Fabriken des Fortschritts!

Jede Pore auf ihrem Körper mit Giften zu verschmutzen, was es für sie unmöglich macht gesund zu sein, bedeutet, sie zu schwächen. Die Todesverwundung ist, Leben zu zerstören; endgültiger und langwieriger als sich die Menschen selbst als existent erinnern können. Dies ist genau das, was nukleare Strahlung bedeutet. Uran in der Erde gelassen, gibt Leben – das wissen wir. Uran, aus der Brust unserer Mutter gerissen, zerstört Leben. Dieses verstehen wir ebenso.

Wir kennen uns damit aus, weil wir leben, wo dieses Uran ist. Wir sind das erste Volk, das an nuklearer Strahlung stirbt – und wenn es erlaubt bleibt, damit weiterzumachen, werden wir für tausende von Jahren sterben – die Wirkungen der Strahlung häufen sich an – sie addieren sich, sie verschwinden nicht. Dies ist ein Kreis. Der nukleare Brennstoffkreislauf ist eine Kette. Es sind die Frauen und die Kinder, die das meiste dieses Giftes in ihrem Körper behalten.

In den Vereinigten Staaten haben wir etwas mit amerikanischen Frauen geschehen sehen, das unserem Verständnis fremd ist. Wir verstehen, daß das Christentum und der Kapitalismus eine Unterdrückung der Frauen geschaffen haben. Genauso, glauben wir, unterdrückt auch die Technologie die Frauen.

Als Antwort kämpfen Frauen für einen größeren Anteil an diesem System. Vor hundert Jahren fochten Frauen für ein Wahlrecht, heute kämpfen sie für gleiche Bezahlung und gleiche Rechte. Wir glauben, daß Frauen und Männer gleich sein sollten – aber was ist daran Gutes, gleiche Bezahlung und gleiches Recht zu bekommen, wenn wir auf unserer Mutter, der Erde nicht leben können?

Mit zwei Dritteln des Urans in Nordamerika auf unserem bißchen Land, den sogenannten „Reservaten", sind wir gezwungen, um unser Überleben zu kämpfen. Mit unseren Männern im Gefängnis, unseren alten Menschen im Haus, unseren uns gestohlenen Kindern, und den sterilisierten Frauen sind wir gezwungen, um unser Überleben zu kämpfen.

Wir machen keinen Unterschied aus unserem Geschlecht – wir arbeiten zusammen im Krieg!

Wir beten für unsere Mutter, wir beten für unsere Zukunft, wir beten für klares Erkennen, und wir sind zusammen Kriegerinnen. Wir erhalten Stärke von der Weisheit unserer Alten. Hundert Jahre zuvor wurde gesagt:

„Eine Nation ist solange nicht erobert, wie die Herzen ihrer Frauen nicht am Boden liegen."

Wir glauben.

(Winona La Duke)

Tom LaBlanc

GELBER MOND

Gelber Mond des Atomkrieges
    Mutter Erde ist tot
        Großvater kehrt zurück, jetzt
            hat der Adler unseren Platz erspäht
            jenseits des
                Gelben Mondes des Atomkrieges.

(LaBlanc)

Leonard Peltier

DAS LETZTE GEFECHT

Tiefe Stille umgibt mich. Ich sehe durch zerborstene Fensterscheiben einer Holzhütte, die einmal mein Heim war, in den Morgendunst, auf den Tau, der noch unberührt ist von Vater Sonne.

Plötzlich trägt mich ein Geräusch zurück in meine Kinderzeit. Jemand weint. Doch es ist nur der Wind; er heult, er schreit wie unter großen Schmerzen.

Erneut umgibt mich die eisige Kälte vollkommener Stille.

Ich will Mutter Erde besuchen, ihre Zärtlichkeit, ihre Liebe spüren in diesem quälenden Gefühl der Leere.

Ich gehe durch das Zentrum des uralten Reservats. Der Dunstschleier greift nach mir, umfängt mich wie ein machtvoller, formloser Geist ... Am Ufer eines Flusses sehe ich einen alten Mann sitzen. Sein langes, silbrig schimmerndes, sorgfältig in Zöpfe geflochtenes Haar fällt bis zu seinen Hüften herab. Abwesend, ziellos, wirft er Murmeln in das sumpfige Wasser, das schon lange durch die Gifte des weißen Mannes seine Farbe verändert hat. Fische, Schildkröten, selbst die quirligen Kaulquappen – Wasserwesen, von denen einst das Überleben meines Volkes abhing – liegen leblos, verwesend, an den Ufern des Flusses ... Als habe er gewußt, daß ich komme, als habe er mich erwartet, steht der alte Mann auf, sieht mir in die Augen. Im Morgenlicht sehe ich Tränen in seinen leblosen Augen schimmern. Ich sehe genauer hin und erkenne, daß es die heiligen Tränen von Blut sind, die seit Generationen das Leid meines Volkes beweinen. Dann – mit sanfter Stimme – spricht er zu mir:

„Mein Sohn, ich bin ein sehr alter Mann. Ich habe viel Sorge, viel Leid in allen Formen erlebt. Aber vor allem anderen bin ich der Same allen Lebens, der unserem Volk vom Großen Geist gegeben wurde. Ich bin die Stimme ungezählter Schlachten; eine Stimme, die mit der Weisheit und Erfahrung spricht, die sie in Jahren der Beratungen mit traditionellen Häuptlingen und Ältesten erworben hat.

Ich bin die Stimme einer Nation, die nach der vollendeten Freiheit sucht; Freiheit in jeglicher Form; Freiheit, welche die rostigen Ketten zu lösen vermag, die unser Volk und alle indianischen Nationen schon so lange gefangenhalten.

Ich bin die Stimme eines Volkes, das seit Hunderten von Jahren kämpft und bittere Tränen von Blut weint über den Tod, den Hunger, den Rassismus, das Leid – Dinge, die wir der Habgier des weißen Mannes verdanken.

Ich bin die Stimme der Menschen, die fordern, daß der weiße Mann aufhört, die Menschheit zu vernichten und unsere wunderbare Mutter Erde zu mißbrauchen durch Atomwaffen und Explosionen.

Ich bin die Stimme, die zu dir spricht, mein Volk, in deiner großen Kraft, deinem Stolz, denn wir können nicht länger vom Mitleid des weißen Mannes leben. Wir müssen zurückschlagen und kämpfen, wenn wir die totale Vernichtung unseres Volkes und aller Nationen verhindern wollen.

Ich bin die Stimme, die mit großer Liebe und mit Stolz eure Gebete und euer Flehen um Verzeihung zum Großen Geist tragen wird – Verzeihung für die Gewalt, zu der du, mein Volk, gezwungen wurdest, für die Verbrechen, die du begehen mußtest, um zu überleben ..."

Als habe Mutter Erde ihn in ihre geschändete Schönheit aufgesogen, war er plötzlich verschwunden. Nur die Handvoll Murmeln blieb zurück, wie ein Symbol für den Ort, an dem er einst herumgeschweift war. Lächelnd ging ich weiter und dachte an diesen alten Mann, der über die Zerstörung von Mutter Erde phantasiert hatte, als sei er geistig verwirrt. Ich zumindest konnte diese Zerstörung nirgends erkennen. Ich fragte mich, ob ich vielleicht nur ein Trugbild gesehen hatte, hervorgerufen durch den Dunst.

Zweifelnd begann ich, um mich herum nach Leben zu suchen. Und mit der Zeit entdeckte ich immer mehr Geschöpfe des Großen Geistes, die bewegungslos herumlagen, verstümmelt umherstolperten, vor Schmerzen erbebten, während der Schlummer des Todes über sie kam.

Schmerzliche Trauer und Verwirrung erfaßten mich. Wer hatte nur diese endgültige Zerstörung über meine vierbeinigen Verwandten ... meine Schwestern, Hirsch und Antilope, ... meine gefiederten Verwandten ... gebracht und warum? Sie alle lagen verkrüppelt, krank, bewegungslos in der Sommerhitze auf unserer nun verödeten Mutter Erde.

Voller Haß und Rachegedanken betrachtete ich das grauenvolle Szenario, das einmal Mutter Erde gewesen war, lebendig und voller Schönheit. Und während ich auf die von der Habgier des weißen Mannes geschaffene Verwüstung sah, stieg der Gestank brennenden Menschenfleisches in meine Nase, ein Fäulnisgestank, der meine Augen brennen ließ, während mein Herz unkontrolliert zu schlagen begann und ich kämpfte, um mich aus diesem Alptraum von Tod und Vernichtung zu befreien.

Die Lungen erfüllt von den Ausdünstungen des Todes, begann ich zu rennen. Doch als ich mein Dorf erreichte, schien es ebenfalls verlassen zu sein. Nur die stumme Spannung absoluter Stille umgab mich ... Überall herrschte beängstigendes Schweigen. Eiseskälte stieg in mir auf, während die Angst vor totaler Verlassenheit von mir Besitz ergriff. Von Panik erfaßt, zwang ich mich, bis zu den Häusern zu gehen. Ich trat in das erste ein – und erstarrte. Vor mir lagen die verstümmelten Körper meines Volkes. Männer, Frauen, Kinder bedeckten den Boden. Ihre Gesichter trugen eine Totenmaske aus Angst und Schrecken. Von Grauen gelähmt, weinte ich, Tränen liefen über mein Gesicht. Haus für Haus durchsuchte ich das ganze Dorf. Überall fand ich das gleiche vor: verdrehte Körper, entstellt bis zur Unkenntlichkeit.

Einsam und verlassen – wie in Trance – ging ich zum Platz in der Mitte des Dorfes. Plötzlich erscholl eine ungeheure Detonation, die meine Ohren betäubte und meinen Körper erbeben ließ. Ich blickte zum Himmel und sah einen Blitz – so grell, daß er meine schutzlosen Augen blendete. Unter Qualen zwang ich mich hinzusehen, als sich vor meinen Augen ein gewaltiger Pilz erhob. Unfähig, diese Erscheinung länger zu betrachten, sah ich zu Boden und gewahrte in meinem Schatten die Umrisse des alten Mannes, der bittere Tränen weinte, voller Schmerz über das Schicksal unseres Volkes. – Von Blasen bedeckt und zu Tode ermattet, sank ich auf die Knie.

Und dort, auf der Erde, war ein Teich von Blut – die Tränen des alten Mannes. *(Ludwig [1])*

Joan Wingfield

BEDENKEN SIE,
WAS SIE MEINEM VOLK ANTUN

Ich bin eine Frau der Kokatha und vertrete das Volk der Kokatha und die südliche Landes-Versammlung, der das Kokatha-Volk angehört. Ich bin hier, weil ich über die Auswirkungen des Uranabbaus für mein Volk und mein Land tief beunruhigt bin. Das Volk der Kokatha wurde in den fünfziger Jahren dazu gezwungen, sein angestammtes Land um Woomera ganz in der Nähe von Roxby Downs zu verlassen. 1979/81 bemerkte mein Volk, daß die Bergwerksgesellschaften bei Roxby Downs Untersuchungen vornahmen, und wir begannen uns Sorgen um unser Land zu machen. Eigentlich erwarteten wir von den Bergwerksgesellschaften, daß sie sich vor Erschließung eines neuen Gebietes erkundigen, welches Land für die ursprünglichen Besitzer in Süd-Australien von besonderer Bedeutung ist. Aber die Bergwerksgesellschaft dachte nicht daran. Sie hatte bereits etwa fünf Jahre in der Gegend Untersuchung durchgeführt, ehe wir überhaupt merkten, was dort passierte. Also setzten wir uns mit ihnen in Verbindung und sagten: ‚Ihr seid nicht ordnungsgemäß vorgegangen‘. Sie meinten, alles vorschriftsgemäß getan zu haben. Sie wollten einen Archäologen schicken, der die Gegend um Roxby Downs kartographisch erfassen sollte. Aber archäologische Stätten sind etwas völlig anderes als ethnische Stätten, religiöse Orte! An archäologischen Stätten sind wir nicht interessiert. Uns geht es um die heiligen Stellen, die für uns noch etwas bedeuten und auch für unsere Kinder bedeutsam sind (...) Wir möchten, daß Sie, wenn Sie jemals Uran von

Roxby Downs verwenden, daran denken, was Sie meinem Volk antun und was meinem Volk angetan wurde. Die heiligen Stätten meines Volkes sind zerstört worden. Hätten sich die Bergwerksleute 1975 an uns gewandt, dann hätten sie gewußt, wohin sie nicht gehen dürfen. Wir hätten sie gebeten, vorsichtig zu sein und diese Stellen nicht anzurühren. Aber sie haben sich damals eben nicht an uns gewandt, und folglich ist eine Reihe unserer heiligen Orte zerstört worden.

Die Fluglandebahn in Roxby Downs geht zum Beispiel genau durch die Grabstätte meiner Vorfahren. Ich möchte wissen, was passieren würde, wenn wir mit Baggern auf ihren Friedhof kämen und eine Landebahn darauf bauen würden? Alle würden sich beschweren. Die Weißen können das mit Menschen wie den Kokathas, den Ureinwohners Australiens machen. Das ist Unrecht. Weiße Gesetze schützen die Friedhöfe der Weißen, aber unsere Plätze werden nicht geschützt. Der Hauptschacht des Bergwerks geht genau durch eine äußerst bedeutende heilige Stelle.

Ich wende mich an Sie mit der Bitte, daran zu denken, was meinem Volk widerfahren ist und was ihm noch angetan werden wird, falls Sie jemals Uran aus Roxby Downs verwenden. *(Wingfield)*

ELEMENT LUFT –
DIE BRÜCKE ZUM GÖTTLICHEN

Das Luftelement steht zunächst für alles Geistige. Der Intellekt, die Fähigkeit sich auszudrücken und zu kommunizieren, sind diesem Bereich zugeordnet. Luft ist demnach das menschlichste aller Elemente. So äußerte es sich auch in der westlichen Tradition. Im astrologischen Tierkreis zum Beispiel beginnen die der Luft zugeordneten Zeichen mit einem der wenigen menschlichen Symbole, den Zwillingen. Sie heben sich von den beiden vorhergehenden – Widder und Stier – ab, die in erster Linie aus dem Instinkt oder der Intuition heraus handeln. Im Tarot wird Luft durch das Schwert symbolisiert, ein Gegenstand, der scheiden und ent-scheiden kann, wenn er sinnvoll eingesetzt wird. Dabei liegt die Betonung auf der geistigen Klarheit. Auf der erhöhten Ebene steht Luft für den spirituellen Bereich oder den göttlichen Ursprung. Von dort kommt der Atem des Lebens und nach dort oben, wo nahezu alle Völker und Kulturen das Göttliche ansiedeln, führt der Weg zurück. Die irdische und die spirituelle Bedeutung des Luftelements bauen aufeinander auf, denn geistige Klarheit ist die Voraussetzung für den Kontakt mit dem Göttlichen. Das gilt im individuellen wie im kollektiven Bereich. Wenn die Luft also extrem verschmutzt wird, droht die Brücke zum göttlichen Ursprung zerstört zu werden. Die Industrieproduktion, die solche Zusammenhänge ignoriert oder gar verspottet, um die Luft ungehindert mit Abgasen und Giften verpesten zu können, richtet damit nicht nur körperliche Schäden an.

Bilder und Symbole

Eine reiche Bilderwelt schmückt die Geschichten der Ureinwohner, die vom Luftelement handeln. Immer wieder kommen die Sterne vor, die unter den Gestirnen am Himmel dem Luftelement zugeordnet werden. Die bisweilen durchscheinende Sehnsucht nach der Einheit mit den Sternen ist letztlich die Sehnsucht nach der Einheit mit dem Göttlichen.

Andere Bilder, die in Luft-Geschichten und -Gedichten häufig wiederkehren, sind Wind, Sturm und Wolken. Sie machen das Element sinnlich erfahrbar. Oft bringen sie den Menschen Unterstützung und Hilfe, bisweilen aber auch einen Verlust oder eine traurige Nachricht.

Natürlich spielen auch die Tiere der Lüfte eine wichtige Rolle. Der Adler ist für viele der göttliche Bote, der ähnlich wie Wind und Wolken Angenehmes und Schmerzhaftes bringen kann. Manchmal sind es auch andere Vögel, Schmetterlinge oder Bienen. Gemeinsam ist den Texten die große Achtung vor allen Geschöpfen, die als Symbole für das Luftelement und damit als göttliche Boten gelten. Wer sie ignoriert, schadet letztlich sich selbst – wer auf sie hört, ist gut beraten.

DIE ENTSTEHUNG VON HIMMEL, ERDE UND DEN GESTIRNEN

Eine Mythe aus Osttimor

Vor langer Zeit waren Himmel und Erde eins, und niemand konnte sie unterscheiden. Das Himmelsgewölbe erstreckte sich bis zur Erde und bildete mit dieser zusammen eine überdimensionale Höhle, die lolon genannt wurde. In der Höhle lebten die Menschen als Himmelswesen. Auf gigantischen Schlingpflanzen kletterten sie hinauf und hinab, wie es ihnen gerade beliebte. Alles, was sie benötigten, gab es im Überfluß, denn die Höhle war ausgesprochen fruchtbar. Ein einziges Reiskorn reichte aus, um eine gesamte Gemeinschaft satt zu machen. Daneben gab es Kostbarkeiten wie Ananas, Bananen, Süßkartoffeln und Mais. Nur eines fehlte in der kosmischen Höhle: das Licht. Sonne, Mond und die anderen Gestirne waren unbekannt. Die Menschen mußten deshalb alles in der Dunkelheit verrichten.

Die Gottheit, die über allem thronte, wollte den Menschen schließlich helfen, die Dunkelheit zu überwinden. Sie schickte den göttlichen Hahn zu ihnen, der ihnen auftrug, die Schlingpflanzen hinaufzuklettern und Speichel ans Firmament zu streichen. Daraus entstanden die zahllosen Sterne. Der Hahn spornte die Menschen bei der Arbeit an, und aus einem besonders dicken Speichelfleck entstand der Mond. So wurde es ein wenig heller in der Höhle lolon, doch fehlte noch immer die Sonne, die als letztes entstand. Um sie zu erschaffen, reichte der gewöhnliche Speichel der Menschen nicht aus. Er mußte unter Anleitung des Hahns immer wieder verdickt werden. Schließlich ging der Hahn selbst ans Werk und färbte den Fleck rot und gelb. Damit war das Firmament komplett, und die Menschen lebten im kosmischen Paradies.

Obwohl niemand irgendetwas entbehren mußte, breiteten sich allmählich Gier und Mißgunst unter den Menschen aus. Sie fingen an, die natürlichen Gesetze zu mißachten. Einige unter ihnen kochten zum Beispiel mehr als ein Reiskorn, und weil sie die Fülle gar nicht essen konnten, mußten sie einen Teil der Nahrung wegwerfen.

Durch dieses frevelhafte Verhalten brach die kosmische Höhle auseinander. Das Firmament trennte sich von der Erde, die Schlingpflanzen verkümmerten, und so war die Verbindung von Himmel und Erde irgendwann unterbrochen. Stattdessen bildete sich die uns bekannte kosmische Ordnung, in der die Menschen ihr Leben mit Mühsal und Anstrengung leben, weil sie es nicht verstanden haben, mit dem Überfluß umzugehen.

(Traditionelle Überlieferung, vom Herausgeber nacherzählt)

TANE – DIE ERSCHAFFUNG DER STERNE

Eine Mythe der Maori aus Aotearoa (Land der weißen Wolke oder Neuseeland)

Tea, das Tag-Auge Rangis, sendet einen letzten glühenden Blick über die Erde, über den friedvoll träumenden See der glitzernden Wasser. Sanft murmelt der See und spiegelt das heilige Rot wider, mit dem einst Tane den Himmel geschmückt hat. Schwarze Schwäne ziehen wie träumende Gedanken über das Gesicht des Sees. Langsam zerfließt das Rot, hinwegsterbend in Blau; tiefblau und klar zieht der letzte Atemzug des Tages hinauf zum Himmel.

Ein Canoe stößt vom Ufer, Kinderstimmen begleiten es leichtherzig mit Fröhlichkeit und Lachen über den See, der nun klar und glitzernd grün hinauf zu den flimmernden Sternen blickt. Dann verwischt ein leichter Windhauch den Spiegel, und der Tag ist verschieden.

Hupene, der alte Freund, verläßt uns. Er wandert heimwärts, denn er fürchtet die Dunkelheit. Seine Matte hängt er über die Schulter und spricht: „Denke an meine Worte, dieweil du den Nachtschmuck Rangis betrachtest. Groß ist die Macht von Tane, und sein sind die Sterne. Sein sind die Sterne." ...

Hell flimmern die Sterne in der Sommernacht, und die Erde atmet Stille und Klarheit, das Herz zur Ruhe leitend und doch füllend mit Wünschen und Unrast.

Tane begab sich einst auf die große Wanderschaft, Gewand und Schmuck für den Himmel, seinen Vater, zu suchen, den er nackt stehen sah bei Tage hoch über Paapa (die Erde) und kalt und einsam in den Nächten, und er sprach:

„O, Vater Rangi, mein Herz blickt auf dich in Trauer, und darum will ich fortwandern und will nach dem

Schmuck suchen, nach deinem großen Schmuck, mit dem du die Augen Paapas und ihrer Kinder erfreuen sollst."

Suchend wanderte er durch die zehn Himmel. Hier fand er Te Kura, „Das Rot", und nahm es mit sich auf die Erde.

Als er sich sieben Tage und sieben Nächte ausgeruht, begann er sein Werk und bedeckte mit dem Rot den ganzen Himmel. Doch sieh, als er diese große Arbeit beendet hatte und nun auf die Erde herunterstieg und auf den in Rot gekleideten Himmel blickte, fand er ihn nicht schön genug. Traurig tat er den schlechten Schmuck wieder fort, nur etwas davon ließ er in Mahiku-rangi, „Am Himmels-Ende". Seit der Zeit bis auf unsere Tage ist die rote Farbe die heilige Farbe der Maori. So oft das Himmelsauge zum Po (Unterwelt) sich wandte am Abend, so oft es aus dem Tagestor hervortrat am Morgen, war Rangi wunderschön; doch immer wieder verschwand die Schönheit in den Tagen und in den Nächten.

Sieben Tage und sieben Nächte betrachtete Tane seinen Vater, und dann sprach er:

„O, Rangi, du bist noch dunkel und kalt und einsam, von der ersten Nacht zur zweiten, zur zehnten Nacht, bis deine Tochter „Te-marama" aus der Quelle der lebenden Wasser wieder emportaucht und du mit deinem Nachtauge traurig auf Paapa blickst. Wie nur kann ich dich schmücken, daß dein Anblick Paapas Herz erfreut?"

So machte er sich wieder auf seine Wanderung, weit, weit über die Erde und weiter in die „Große Entfernung", bis er zuletzt an den Po kam, „Die Unterwelt".

Hier fand er Hine-a-te-ao, die „Tochter des Lichts", sie hütete das Tor der Unterwelt. Müde von seiner Wanderung, schlief er in ihrem Hause.

In der Dunkelheit der Nacht sah er dort zwei Sterne leuchten, sie waren Ira – des Glanzes – Kinder, und ihre Namen waren: „Einsamer Süden" und „Himmelsufer". Ihre Schönheit entzückte ihn, und er blickte lange auf sie. Am Morgen suchte er Hine-a-te-ao und zeigte hinüber zu den beiden Sternen, die in der Dunkelheit des Po flimmerten, und bat um sie als Schmuck für seinen Vater Rangi. Und Hine-a-te-ao antwortete: „Geh, Sohn, und nimm sie." Und wieder bat er:

„O Hine, Tochter des Lichts, zeige mir den Weg, daß ich zu ihnen gehe und sie nehme. Da antwortete Hine: „Sohn, weit ist der Weg. Geh zum Hause von Tupu-renga-o-te-po, dem „Wachsenden Dunkel", er ist der Hüter über die beiden Sterne, und sein Haus steht in Mahikurangi, dort frage nach den beiden Sternen, deren Namen sind: Tokomeha und Te pae-tai-o-te-rangi. Geh, und nimm die Sterne für deinen Vater."

Tane ruhte, auf den nackten Himmel blickend, und sang Sprüche der Trauer über die Blöße seines Vaters, dann machte er sich auf den Weg nach Mahiku-rangi, zum Hause des Sternhüters Tupu. Ihm beschrieb er die Leiden und die Nacktheit seines Vaters und bat Tupu um die Sterne als Schmuck für Rangi. Und Tupu antwortete:

„Tane, Sohn Rangis, die schönen Sterne, die du dort flimmern siehst, sind die heiligen Halter der Welt: Hira-uta, der Fisch des Landes; Hiratai, der Fisch der See; Parinuku, die Erdklippe; und Pari-rangi, die Himmelsklippe."

Und Tane sprach: „Tupu, willst du mir von den heiligen Sternen geben, meinen Vater Rangi damit zu schmücken?" Und Tupu antwortete:

„Ja, es ist mein Wunsch, daß du mit den Sternen den Himmel schmückst." Er gab ihm die vier „Heiligen Halter der Welt", die Sterne der vier Himmelsrichtungen, und dann gab er ihm die vier Sterne Aotahi, Puaka und Tuku-rua, Tama-re-reti und Te waka-a-tama-rereti.

Tane nahm die Sterne und befestigte die ersten vier in den vier Himmelsrichtungen, mit den anderen bildet er ein Kreuz im Süden des Himmels.

Viele Sterne noch brachte Tupu, und Tane verbreitete sie über den Himmel von den Gipfeln der Berge aus, während noch die Sonne am Himmel stand. Da wurde sein Herz wieder traurig, denn seine Augen sahen, daß die Sterne nur ein armer Schmuck für seinen Vater waren.

Doch als er seine Arbeit beendet, war es um die Zeit, daß die Sonne wieder zur Unterwelt hinabwanderte. Als sie am Himmelsende anlangte, zog das heilige Rot wieder über den Himmel, und als die Sonne versunken, sahen die staunenden Augen Tanes, wie Stern auf Stern flimmernd erwachte und Rangi in leuchtender Schönheit sich über Paapa spannte. Da war sein Herz glücklich, und er sprach: „O, Vater, deine Schönheit ist die Quelle der Freuden von Paapa und ihren Kindern!"

Dann warf er die beiden Sterne, die über den Winter und den Sommer wachen, und die beiden Sterne, die das Pflanzen der Kumara bestimmen, hoch in den Himmel und sprach wieder: „O, Vater, mein Herz ist voll Fröhlichkeit über deine Schönheit; in Wahrheit bist du nun der Ariki Paapas, ihr Herr, und all ihre Kinder werden dich lieben!"

So hatte der alte Freund gesprochen; gelehrt in der Weisheit der Whare-kura.

Vom sonnenglitzernden Moana-rarapa herüber spielte der Wind in den Bäumen, und Frühlingszeit lag über der Erde, die Kinder Paapas befruchtend, – befruchtend auch den Geist der Menschen. *(Te Tohunga)*

WIE DIE STERNE AN DEN HIMMEL KAMEN

Eine Mythe aus Papua Neu Guinea

Früher lebten die Sterne auf der Erde. Sie waren ausgesprochen bezaubernde Wesen, deren Kleidung aus den schönsten Edelsteinen, Perlen und Muscheln bestand. Darüber hinaus gab ihr betörender Gesang den Menschen einen Eindruck von Paradies. Bei alledem waren sie jedoch außerordentlich scheu. Kein menschliches Auge sollte sie je zu Gesicht bekommen; nur ihre Lieder durften die Menschen hören. Sie lebten in undurchdringlichen Dschungelgebieten und bewegten sich mit Kanus auf den Flüssen vorwärts, deren Ufer vollkommen von Schlingpflanzen bewachsen waren, um immer vor den Blicken der Menschen geschützt zu sein.

Eines Tages verirrte sich ein Papua in die Nähe der Sternenstätten. Der Gesang, den er sonst immer nur aus der Ferne kannte, zog ihn magisch an. Zudem sah er viele wertvolle Steine durch die Schlingpflanzen schimmern.

Im Schutz der Pflanzen und der hereinbrechenden Dunkelheit schlich er sich näher und näher an den Ort der Gesänge heran. Bald konnte er die Sterne in all ihrer Pracht heimlich durch die Schlingpflanzen beobachten. Das Schauspiel faszinierte ihn derartig, daß er alle Vorsichtsmaßnahmen vergaß. Er verließ sein Versteck, um nach den Kanus zu greifen, auf denen die Sterne tanzten.

Als diese ihn sahen, wurden sie von panischer Frucht ergriffen und flüchteten durch die Luft an den Himmel. In ihrer Panik verbreiteten sie sich über das ganze Firmament. Seitdem können die Menschen die Sternenpracht jede Nacht aus der Ferne bewundern, doch ihre Gesänge hat keiner mehr gehört.

(Traditionelle Überlieferung, vom Herausgeber nacherzählt)

DIE MILCHSTRASSE

Ein Märchen der San (Buschmänner)
aus dem südlichen Afrika

Träumend saß das Buschmannmädchen vor seiner Hütte, wühlte mit seinen Händen in der kalten, weißen Asche und schaute in die Wolken.

Ein Windstoß kam. Er wirbelte tausend Aschenkörnchen auf und trug sie in den Himmel. Dort setzte sich Aschenkörnchen neben Aschenkörnchen fest, bis es so viele waren, daß sich eine ganze Straße bildete, die Milchstraße.

Neben der Milchstraße wanderten die Sterne. Sehnsüchtig sah die Milchstraße ihnen zu, wie sie erglühten, wenn die Sonne unterging, und wie sie erblaßten, wenn die Sonne wieder zum Vorschein kam. Die Sterne waren so hell, daß die Milchstraße sich entschloß, wie sie zu werden und in der Finsternis zu leuchten.

Die Milchstraße blickte auf das Buschmannmädchen herunter, und so kam das Licht der Milchstraße auf die Erde. *(Märchen der Buschmänner)*

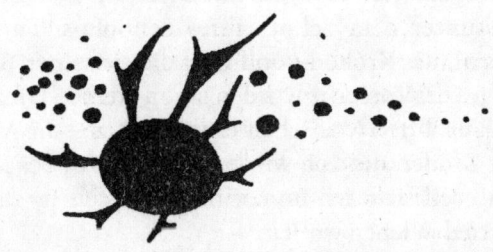

WIE DIE MENSCHEN ERSCHAFFEN WURDEN UND IN GROSSE GEFAHR GERIETEN

Eine Mythe der Asmat aus Westpapua

Im Anfang gab es noch keine Papua, aber schon Tiere und Pflanzen, vor allem die wertvolle Sagofrucht. Über all den Geschöpfen thronte Fumeripitch, der heilige Wind, der Ursprung und Schöpfer allen Lebens. Er beobachtete Tiere und Pflanzen, und als er sah, wie sie gediehen, beschloß er, auch die Papua zu erschaffen.

Zuerst baute er ein Langhaus am Flußufer, dann schnitzte er Figuren aus Holz nach der Art der Menschen und setzte sie hinein. Daraufhin begann er vor ihnen die heilige Trommel zu schlagen, zu singen und zu tanzen. Immer wieder hauchte er sie dabei mit seinem Atem an.

So erwachte allmählich das Leben in den Figuren. Zunächst bewegten sie sich langsam und ungeschickt, dann immer behender, bis sie schließlich das Leben beherrschten. Schon bald vermehrten sie sich, verließen das Langhaus und bauten unter Fumeripitchs Anleitung neue.

Nach vielen Jahren zog eine große Gefahr für die noch unerfahrenen Papua auf. Ein riesiges Krokodil tauchte im Fluß auf, zerstörte mit seinem Schwanz die Langhäuser und versuchte, die Menschen darin zu fressen. Doch die Papua standen unter dem Schutz ihres Schöpfers. Fumeripitch kam, zerriß das Krokodil und warf die einzelnen Teile weit weg ins Meer. Von dort wurden sie an fremde Ufer gespült, wo sich aus ihnen Menschen entwickelten – die Menschen fremder Länder, die sich wieder auf den Weg des Krokodils machen, weil sie noch immer nicht verstehen, daß die Papua in Frieden leben wollen.

(Traditionelle Überlieferung, vom Herausgeber nacherzählt)

N. Scott Momaday

DER FREUDENGESANG DES TSOAI-TALEE

Ich bin eine Feder am strahlenden Himmel
Ich bin das blaue Pferd, das in der Ebene läuft
Ich bin der Fisch, der glitzernd im Wasser sich rollt
Ich bin der Schatten, der einem Kinde folgt
Ich bin das Abendlicht, das Leuchten der Wiesen
Ich bin ein Adler, der mit dem Winde spielt
Ich bin eine Traube glitzernder Perlen
Ich bin der fernste Stern
Ich bin die Kühle des Morgens
Ich bin das Prasseln des Regens
Ich bin das Glitzern auf dem Harsch des Schnees
Ich bin die lange Spur des Mondes auf einem See
Ich bin eine Flamme von vier Farben
Ich bin ein Hirsch, der abseits in der Dämmrung steht
Ich bin ein Feld von Färberbäumen und von Drüsenklee
Ich bin ein Pfeil von Gänsen am Winterhimmel
Ich bin der Hunger eines jungen Wolfs
Ich bin der Traum all dieser Dinge

Ihr seht, ich lebe, ich lebe
Mein Verhältnis zur Erde ist gut
Mein Verhältnis zu den Göttern ist gut
Mein Verhältnis zu allem Schönen ist gut
Mein Verhältnis zur Tochter Tsen-taintees ist gut
Ihr seht, ich lebe, ich lebe   (Arens/Braun)

WIE DIE HEILIGE GABE DES FESTES ZU DEN MENSCHEN KAM

Eine Mythe der Sagluaq-Inuit (Eskimos)
aus Alaska

Es war einmal eine Zeit, da die Menschen keine Freude kannten. Ihr ganzes Leben bestand aus Arbeit, Essen, Verdauung und Schlaf. Ein Tag verging ihnen wie der andere. Sie schliefen nach ihren Mühen ein, nur um zu neuer Anstrengung zu erwachen. Und ihr Sinn verzehrte sich in der Einförmigkeit.

In diesen Zeiten lebte ein Mann mit seiner Frau einsam in einem Dorf, nicht weit vom Meer entfernt. Sie hatten drei Söhne, tüchtige Knaben, die gerne ebenso große Jäger werden wollten wie ihr Vater. Sie trieben allerhand Leibesübungen, die sie stark und ausdauernd machten, noch ehe sie erwachsen waren. Und Vater und Mutter waren stolz auf sie; denn sie sollten ihre Stütze im Alter werden und ihnen Nahrung verschaffen, wenn sie selbst es nicht mehr vermochten.

Aber da geschah es, daß zuerst der älteste Sohn auf der Jagd verschwand und dann der zweitälteste. Sie kamen nicht zurück, und sie hinterließen keine Spur. Niemand konnte nach ihnen suchen. Vater und Mutter trauerten tief über ihren Verlust und achteten nun ängstlich auf den jüngsten Knaben, der schon so groß war, daß er mit seinem Vater auf die Jagd gehen konnte. Der Sohn, der hieß Teriaq (Hermelin), jagte am liebsten das wilde Rentier; der Vater ging am liebsten auf Seetierfang. Da Jäger nicht ihr ganzes Leben in Angst verbringen können, durfte der Knabe gehen, wohin er Lust hatte, tief ins Land hinein, während der Vater in seinem Kajak auf das Meer hinaus ruderte.

Eines Tages war Teriaq wie gewöhnlich auf Rentierjagd. Da erblickte er einen gewaltigen Adler, einen großen, jungen Adler, der über ihm kreiste. Teriaq nahm hurtig seine Pfeile hervor. Da senkte sich der Adler herab und setzte sich ein wenig von ihm entfernt auf die Erde. Er streifte seine Kapuze vom Kopf und wurde zum Menschen. Und er sprach zum Rentierjäger und sagte:

„Ich bin es, der deine beiden Brüder getötet hat. Ich werde auch dich töten, wenn du mir nicht versprichst, Gesangfeste zu feiern, sobald du nach Hause kommst. Willst du oder willst du nicht?"

„Ich will es gerne, aber ich begreife nicht, was du sagst. Was ist Gesang? Was ist Fest?"

„Willst du oder willst du nicht?"

„Ich will gern, aber ich weiß nicht, was es ist."

„Wenn du mir folgst, wird meine Mutter dich lehren, was du nicht verstehst. Deine beiden Brüder verschmähten die Gabe des Gesanges und des Festes; sie wollten nicht lernen; darum tötete ich sie. Nun kannst du mir folgen, und sobald du gelernt hast, Worte zu einem Gesang zusammenzusetzen und diesen zu singen, und sobald du gelernt hast, vor Freude zu tanzen, wird es dir frei gestattet sein, in dein Dorf heimzukehren."

„Ich komme mit," antwortete Teriaq. Dann brachen sie auf. Der Adler war kein Vogel mehr, sondern ein großer und kräftiger Mann in schimmerndem Gewand aus Adlerfedern. Sie gingen und gingen weit, weit über das Land hin, durch Schluchten und Täler, bis zu einem hohen Berge, den sie zu besteigen begannen.

„Hoch oben auf dem Gipfel dieses Berges liegt unser Haus," sagte der junge Adler.

Und sie stiegen den Berg hinan, kamen höher und höher hinauf und hatten eine weite Aussicht über die Ebenen, wo die Menschen Rentiere zu jagen pflegen. Aber als sie sich dem Berggipfel näherten, hörten sie plötzlich einen pochenden Laut, der stärker und immer stärker wurde, je näher sie dem Gipfel kamen. Er hörte sich an wie der Schlag von gewaltigen Hämmern, und so stark war das Dröhnen, daß Teriaq die Ohren sausten.

„Kannst du etwas hören?" fragte der Adler.

„Ja, einen seltsamen, ohrenbetäubenden Laut, den ich niemals je zuvor gehört habe!"

„Es ist meiner Mutter Herz, das klopft," antwortete der Adler.

Dann kamen sie zum Hause des Adlers, das ganz oben auf dem höchsten Gipfel erbaut war.

„Warte hier, bis ich zurückkomme, ich muß meine Mutter vorbereiten," sagte der Adler und ging hinein.

Nach einem Augenblick kehrte er zurück und holte Teriaq. Sie gingen in einen großen Raum, der in gleicher Weise gebaut war wie die Häuser der Menschen; drinnen auf der Schlafbank saß ganz allein die Mutter des Adlers, alt, hinfällig und betrübt. Nun ergriff der Sohn das Wort und sagte:

„Hier ist ein Mann, der versprochen hat, ein Gesangfest zu halten, wenn er nach Hause kommt. Aber er sagt, daß die Menschen nicht verstehen, Worte zu einem Gesang zusammenzusetzen, und sie verstehen auch nicht, die Trommel zu schlagen und vor Freude zu tanzen. Mutter, die Menschen verstehen nicht, ein Fest zu feiern, und nun ist dieser junge Mann gekommen, um es zu lernen!"

Diese Worte brachten großes Leben in die alte, hinfällige Adlermutter, und ihre müden Augen leuchteten plötzlich auf, während sie sagte:

„Zuerst müßt ihr ein Festhaus bauen, in dem sich viele Menschen versammeln können."

Nun bauten die beiden jungen Männer das Festhaus, das „Qagsse" genannt wird und das größer und schöner ist als gewöhnliche Häuser. Und als es fertig war, lehrte sie die Adlermutter, Worte zu einem Gesang zusammenzusetzen und die Töne zusammenzufügen, so daß sie zu Melodien wurden. Sie fertigte eine Trommel an und lehrte sie, die Trommel im Takt zu den Liedern zu schlagen, und sie zeigte ihnen, wie man zu den Gesängen tanzen muß. Als Teriaq all das gelernt hatte, sagte sie:

„Vor jedem Fest sollt ihr viel Fleisch sammeln und dann viele Menschen einladen. Dies sollt ihr tun, wenn ihr euch ein Festhaus gebaut und eure Lieder gedichtet habt; denn der Menschen Beisammensein in der Freude erfordert große Festgelage!"

„Aber wir wissen von keinen anderen Menschen als von uns selbst," antwortete Teriaq.

„Die Menschen sind einsam, weil sie noch nicht die Gabe des Festes erhalten haben," sagte die Adlermutter. „Trefft nun eure Vorbereitungen, so wie ich euch gesagt habe. Wenn alles bereit ist, sollst du hinausgehen, um nach Menschen zu suchen. Du wirst sie zu zweien treffen. Du sollst sie versammeln, bis es ihrer viele sind, und sie einladen. Und dann sollt ihr ein Gesangfest feiern."

So sprach die alte Adlermutter; und als sie Teriaq genau eingeprägt hatte, was er tun sollte, sagte sie schließlich:

„Wohl bin ich ein Adler, aber doch auch eine alte Frau, welche die gleichen Freuden hat wie andere Frauen. Ein Geschenk verlangt ein Gegengeschenk, und es wäre angebracht, wenn du mir zum Abschied ein wenig Sehnenschnur geben wolltest. Unbedeutend bleibt zwar deine Wiedervergeltung, aber sie würde mich doch erfreuen."

Teriaq war zuerst unglücklich; denn woher sollte er sich hier, so weit weg von seinem Dorf, Sehnenschnur verschaffen? Aber dann dachte er an die Sorrunge für seine Pfeilspitzen, und er wickelte sie ab und gab sie dem Adler. So unbedeutend war sein Gegengeschenk für alles, was er bekommen hatte.

Darauf zog der junge Adler sein schimmerndes Gewand wieder an und bat seinen Gast, sich auf seinen Rücken zu legen und die Arme um seinen Hals zu schlingen. Dann flog er hastig den Berg hinunter. Ein starkes Sausen entstand ringsum, und Teriaq glaubte, es wäre vorbei mit ihm. Doch das Ganze dauerte nur einen Augenblick, dann hielt der Adler an und bat ihn, die Augen zu öffnen. Da waren sie schon an jener Stelle, wo sie sich getroffen hatten.

Sie verabschiedeten sich herzlich voneinander; sie waren Freunde geworden und trennten sich nun. Teriaq aber eilte nach Hause zu seinen Eltern und erzählte ihnen alles, was er erlebt hatte. Und mit diesen Worten schloß er seinen Bericht:

„Die Menschen sind einsam und leben ohne Freude, weil sie kein Fest zu feiern verstehen. Nun haben mir die Adler das heilige Geschenk des Festes gegeben, und ich habe gelobt, alle Menschen an der Gabe teilnehmen zu lassen."

Vater und Mutter lauschten verwundert den Worten des Sohnes und schüttelten ungläubig das Haupt; denn wer niemals sein Blut heiß werden und nie sein Herz in Erregung schlagen fühlte, kann des Adlers Geschenk mit seinen Gedanken nicht erfassen. Aber die Alten durften nicht widersprechen; denn schon zwei ihrer Söhne hatten die Adler genommen, und sie verstanden, daß das Gebot befolgt werden mußte, wenn sie den letzten Sohn behalten wollten. Darum taten sie alles, was die Adler verlangt hatten. Ein Festhaus gleich dem des Adlers wurde gebaut, und die Fleischständer wurden mit Fleisch der See- und Rentiere gefüllt.

Vater und Sohn setzten fröhliche Worte zusammen, schilderten liebe und ernste Erinnerungen im Gesang, den sie zu Melodien stimmten. Sie machten sich Trommeln, lärmende Holztrommeln aus runden Holzrahmen mit ausgespannten Rentierfellen, und im Takt mit den Schlägen der Trommeln bewegten sie Arme und Beine zu den Liedern in ausgelassenen Sprüngen, in mutwilligen Krümmungen des Körpers. Und sowohl der Körper als auch die Gedanken wurden heiß; sie begannen alles ringsum in vollkommen neuer Weise zu fühlen und zu sehen. Es konnte vorkommen, daß sie manch einen Abend spaßten und lachten, schwatzhaft und übermütig, zu einer Zeit, wo sie sonst aus Langeweile über einen endlosen Abend geschnarcht hätten.

Sobald alle Vorbereitungen getroffen waren, ging Teriaq hinaus, um die Leute zum Fest einzuladen, das sie feiern sollten. Zu seinem großen Erstaunen entdeckte er nun, daß er und seine Eltern nicht mehr einsam waren, wie sie es stets zuvor gewesen. Frohe Menschen erhalten Gesellschaft. Er traf plötzlich überall Menschen, aber nur zu zweit, seltsame Menschen, einige in Wolfspelze gekleidet, andere in Felle von Vielfraß, Luchs, Rotfuchs, Silberfuchs, Kreuzfuchs, ja in Pelze von allen Tierarten. Teriaq lud sie zum Gastmahl in ihrem neuen Festhaus ein, und sie folgten ihm alle mit Freuden.

Dann hielten sie das Gesangfest ab – ein jeder brachte seine eigenen Lieder vor. Man lachte, erzählte und lärmte; und die Menschen waren sorgenfrei und froh, wie sie nie zuvor gewesen waren, Gastmähler wurden abgehalten, Fleischgaben ausgetauscht, Freundschaften geschlossen, und es gab auch einige, die sich Geschenke von kostbarem Pelzwerk machten. Die Nacht verging, und erst als das Morgenlicht ins Festhaus schien, nahmen die Gäste Abschied.

Aber während sie in wildem Getümmel aus dem Hausgang stürzten, fielen sie alle vornüber auf ihre Hände und sprangen sofort auf allen vieren. Jetzt waren sie keine Menschen mehr, sondern verwandelten sich in Wölfe, Vielfraße, Luchse, Silberfüchse, Kreuzfüchse, ja in alle Tiere des Waldes. Das waren Gäste, die der alte Adler geschickt hatte, damit Vater und Sohn nicht vergebens bitten sollten. So gewaltig war die Macht des Festes, daß selbst Tiere zu Menschen wurden. Und die Tiere, die immer einen leichteren Sinn hatten als die Menschen, wurden der Menschen erste Gäste in einem Festhaus.

Kurz darauf geschah es, daß Teriaq wieder draußen war, um zu jagen, und wieder traf er den Adler. Dieser schlug sofort seine Kapuze zurück und wurde zum Menschen, und sie gingen zusammen zur Adlerwohnung hinauf, denn die alte Adlermutter wollte noch einmal den Mann sehen, der das erste Fest der Menschen gefeiert hatte.

Aber schon ehe sie sich dem Gipfel genähert hatten, kam ihnen die Adlermutter entgegen, um zu danken, und siehe: die alte, hinfällige Adlerin war wieder jung geworden.

Denn wenn die Menschen Feste feiern, werden alle alten Adler jung. – – –

Dieses erzählen alte Leute oben aus Kangianeq, dem Lande, das dort liegt, wo die Wälder beginnen, rings um die Quelle des Colville-Flusses.

So, sagen sie, kam die Gabe des Festes auf merkwürdige und unerklärliche Weise zu den Menschen. Und der Adler blieb seitdem der heilige Vogel des Gesanges, des Tanzes und aller Feste. *(Rasmussen)*

DIE WINDTORE

Ein Märchen der Inuit (Eskimos) aus Nordwest-Kanada

Es waren einmal ein Mann und eine Frau. Sie lebten schon lange zusammen, aber Kinder hatten sie nicht. Beide grämten sich darüber, am meisten die Frau, weil sie den ganzen Tag allein zu Hause war. Einmal, als der Mann auf die Jagd gehen wollte, sagte sie zu ihm: „Sieh dich nach einem Stück Holz um, aus dem du mir eine Puppe schnitzen könntest. Wenn wir schon keinen richtigen Sohn haben, so möchte ich wenigstens einen aus Holz."

Der Mann streifte durch die Tundra und konnte lange keinen geeigneten Baum finden. Nur hie und da wuchs ein verkrüppelter Strauch. Und wie er so seine Blicke durch die Gegend streifen ließ, da sah er vor sich einen silbernen Weg, der glänzte und glitzerte wie Schnee im Mondenschein. Er ging dem Weg nach, und dort, wo er plötzlich nach oben anstieg, stand einsam und verlassen ein Bäumchen.

„Das ist genau das Richtige!" freute sich der Mann, fällte das Bäumchen und nahm ein Stück von dem Stamm mit.

Zu Hause schnitzte er lange und sorgfältig an dem Holz herum, glättete es mit Fischgräten, bis aus dem formlosen Klotz ein hübsches kleines Kerlchen entstanden war. Und weil der Mann es mit viel Liebe geschnitzt hatte, um seiner Frau eine Freude zu machen, sah die Puppe wie lebendig aus, wie ein richtiger kleiner schlafender Junge. Nach dem Klotz, aus dem er gemacht war, erhielt er den Namen Klötzchen.

Die Frau konnte sich nicht satt sehen an dem Kleinen. Sie wiegte ihn und sang ihm Lieder vor, als sei er ein richtiges Kind.

„Schnitz ihm doch noch ein Schüsselchen und einen Becher", bat sie ihren Mann. Und während der ihrer Bitte nachkam, setzte sie sich hin und nähte für Klötzchen aus Fellresten hübsche Kleider. „Damit er nicht friert", erklärte sie und zog ihn sorgfältig an.

Langsam wurde es dunkel. Die Frau kochte das Abendessen. Auch Klötzchen tat sie etwas davon in die Schüssel und füllte den Becher mit Wasser. „Damit du etwas hast, wenn du in der Nacht Hunger bekommen solltest", sagte sie dabei.

Dann gingen sie schlafen. Die Frau legte Klötzchen neben sich und deckte ihn mit einer Felldecke zu.

In der Nacht wurde die Frau plötzlich munter. Ihr war, als höre sie ein Flüstern und Schmatzen. Sie setzte sich auf und lauschte. Tatsächlich, da vorn schmatzte jemand und murmelte. Sie tastete nach der Stelle, wo sie am Abend die Puppe hingelegt hatte, aber die war weg. Da weckte sie ihren Mann, stand auf und machte Licht.

Ach, war das eine Überraschung!

Am Tisch saß Klötzchen vor der Schüssel und ließ sich die kleinen Fleischstückchen schmecken. Dabei nickte er zufrieden mit dem Kopf und brummelte etwas vor sich hin. Als er sie erblickte, blinzelte er mit den Augen und lächelte sie fröhlich an.

„Er lebt!" rief die Frau. „Sieh nur, Mann, er ist richtig lebendig!"

Sie sprang auf, nahm Klötzchen in den Arm und reichte ihn ihrem Mann.

„Wir haben einen lebendigen Sohn!" freute sich der Mann.

Vor lauter Aufregung konnten sie lange nicht wieder einschlafen. Am Morgen erwachten sie spät, und ihr erster Blick galt Klötzchen. Doch der war weg.

Sie suchten alle Ecken und alle möglichen Verstecke im Haus ab, aber von dem Jungen fanden sie keine Spur.

Das heißt, nicht so ganz. Als der Mann nämlich vor die

Tür trat, da sah er im Neuschnee die Abdrücke kleiner Kinderfüße, die in die Tundra hinausführten.

„Ich gehe ihm nach", erklärte der Mann. „Ich muß ihn finden."

‚Ein Glück, daß es in der Nacht geschneit hat', meinte er bei sich. Geduldig folgte er den winzigen Fußstapfen, bis er zu der Stelle kam, wo er das Bäumchen umgelegt hatte, aus dem er dann Klötzchen geschnitzt hatte. Der Baumstumpf stand noch da, und daneben lagen die Reste des Bäumchens herum. Hier hörte die Spur plötzlich auf. Vor ihm stieg der silberne Weg steil an, als führe er geradewegs in den Himmel und glitzerte und funkelte wie Schnee im Mondenschein. Weiter wagte sich der Mann nicht.

Er kehrte unverrichteter Dinge nach Hause zurück.

Und Klötzchen?

Als er sich in der Nacht satt gegessen und dann wieder eingeschlafen war, da hatte er einen seltsamen Traum: Er sah vor sich einen Lichtstrahl, der ihn mit seinem Schein magisch anzog, und lockte: „Komm mit mir! Komm mit mir!"

Da konnte Klötzchen nicht widerstehen. Er stand leise auf, steckte das Messer, mit dem der Vater ihn geschnitzt hatte, in den Gürtel und verließ das Haus, in dem die Liebe der Mutter ihm Leben eingehaucht hatte. Er schritt in die Tundra hinaus, immer dem Lichtstrahl nach, der ihn zum Stumpf des Bäumchens führte, dem er entstammte. Aber der Strahl führte ihn weiter, auf einen silbernen Weg, der plötzlich steil nach oben führte.

Der silberne Weg, das war die Milchstraße, die an dieser Stelle die Erde berührte. Bald hörte die Steigung auf, und Klötzchen befand sich auf einer weiten, weißen Ebene. Nach einiger Zeit kam er zu einem Tor mit einem Vorhang. Überall war reglose, tiefe Stille, nur der Vorhang bewegte sich, bauschte sich auf, als drücke von der anderen Seite eine unsichtbare Kraft dagegen.

Da zog der Junge sein Messer aus dem Gürtel und schlitzte den Vorhang auf. In dem Augenblick kam ein kalter Wind auf, der Ostwind, und mit ihm kamen die Rentiere.

Der Wind fauchte und heulte, und Klötzchen sagte zu ihm: „Nun halt mal die Luft an, Wind, du mußt nicht immerzu blasen. Setz dich hin und ruh dich aus."

Der Junge ging weiter über die weiße Ebene, bis er wieder zu einem Tor mit einem Vorhang kam, der sich bauschte. Klötzchen wußte nun schon, daß sich dahinter ein Wind verbarg, aber welcher, das wußte er nicht. Also zerschlitzte er wieder den Vorhang mit seinem Messer. Und siehe da: Diesmal kam der Südostwind geflogen. Er peitschte die Sträucher, riß ihnen die Blätter ab und jagte die Rentiere vor sich her.

„Treib es nicht zu toll!" schimpfte der Junge. „Nimm Vernunft an und hör auf!"

Nach einer Weile kam Klötzchen zum dritten Tor. Auch hier hing ein Vorhang, aber der bewegte sich längst nicht so wild. Und als der Junge ihn aufgeschlitzt hatte, da wehte ihm der warme Südwind entgegen. Er brachte warmen Regen mit, grünes Gras, Zweige und Knospen. Der Junge wollte ihn auffordern, recht lange zu blasen, weil sein Hauch wie ein Streicheln sei, aber ehe er noch ein Wort sagen konnte, da hatte sich der Wind schon wieder gelegt und rührte sich nicht mehr. Der Südwind hat nur kurzen Atem.

Klötzchen ging also weiter. Und wieder kam er zu einem Tor, dessen Vorhang sich wild bauschte. Er schnitt ihn auf, und im gleichen Augenblick kam der Westwind hereingestürmt mit Regen, Sturm und Gewitter.

„Du willst zwar Angst und Schrecken verbreiten, aber du bringst Nutzen", sagte der Junge zu ihm. „Blase ruhig weiter, soviel du nur willst."

Auch der Westwind hatte sich bald beruhigt, und der Junge eilte weiter.

Es dauerte nicht lange, da stand er wieder vor einem Tor. Der Vorhang, der es verschloß, bauschte sich stoßweise bis zum Platzen. Der Wind, der sich von der anderen Seite dagegenstemmte, mußte sehr stark sein.

Klötzchen stieß sein Messer in den Vorhang, und im gleichen Augenblick zerriß der Wind den Stoff von oben bis unten und stürzte mit solcher Wucht herein, daß es den Jungen umriß. Mit lautem Heulen jagte er Schneemassen und Eiskristalle vor sich her. Es war der Nordwestwind.

Vergeblich suchte Klötzchen ihn zu überschreien, vergeblich, ihn aufzuhalten. So sah er lieber zu, so schnell wie möglich aus seiner Reichweite zu kommen.

Nach einer Weile kam er zum sechsten Tor, dessen Vorhang schwer war und ganz von Reif bedeckt. Man fror schon, wenn man ihn nur ansah.

„Dahinter ist es bestimmt grimmig kalt", meinte der Junge, aber dann schlitzte er den Vorhang doch auf. Da schlug ihm ein so eisiger Atem entgegen, daß ihm die Tränen kamen und noch auf den Wangen zu Eistropfen gefroren. Klötzchen schlug schützend die Hände vors Gesicht, aber auch die erfroren fast.

„Halt ein, Wind, du vernichtest ja alles!" rief er. Aber was nutzte das schon? Der Nordwind blies und blies, und unter seinem eisigen Atem erfror alles auf der Erde und erstarrte.

Klötzchen rannte davon und bereute zutiefst, einen solch mörderischen Wind in die Welt gelassen zu haben. Aber was geschehen war, war geschehen, zurücknehmen konnte er es nicht mehr.

Über die weiße Ebene gelangte der Junge bis zum anderen Ende der Milchstraße, wo wieder ein silbriger Weg hinabführte auf die Erde. Er zögerte ein Weilchen und überlegte.

Aber was sollte er hier, in dieser Einöde? Dort unten auf der Erde waren Menschen. Dort war auch der Mann, der ihn aus einem Stück Holz erschaffen, und die Frau, die ihm eine Seele eingehaucht hatten. Und beide warteten auf ihn.

So folgte er also dem silbernen Weg und stand bald wieder dort, wo die Tundra zum Meer abfällt. Von dort aus ging er dann nach Hause.

Aber während Klötzchen meinte, nur für einen Sprung auf der Milchstraße gewesen zu sein, waren auf der Erde viele Jahre verflossen. Der Mann und die Frau, deren Sohn er gewesen, waren längst gestorben. Dennoch blieb der Junge in dem Dorf und wurde Jäger.

Niemand aber erfuhr je, daß er es gewesen war, der die sechs Winde auf die Erde gelassen hatte. *(Eskimo Märchen)*

Lance Henson

OKLAHOMA ZWIELICHT

nahe wewoka im ersten sturm den ich seit meiner rückkehr
von der ostküste erlebe

beobachte ich im norden dunkle donnerwolken
in des windes furchen getaucht

ein langerhungerter herbst läßt seine wolken auf die
erde los

geplagt von einem winter voller flüstern
fühle ich mein leben mich ansehn

aus einer wehenden baumreihe ... *(Henson)*

Mimicamp

DER WIND

Zu dritt sitzen sie auf einem Hügel,
      der eingerahmt ist von weiteren Hügeln.
Der Wind klagt leise und hüllt sie ein in seiner Wärme.
        Über ihnen tanzen vier Raben
im grenzenlosen Blau des Himmels.
        Unter ihnen fließen immer neue Hügelketten,
ineinander in dem heiligen Land,
      das sich in der Ferne verliert.
Einer schläft – zugedeckt von einem Baum.
      Einer träumt – mit offenen Augen,
      untergeschlagenen Beinen.
Einer singt – eingehüllt vom Wind.
      Eine friedliche Macht teilt zärtlich ihre
      Einsamkeit.
Ihr Geist entfaltet sich in vollendeter Harmonie
      – was heute nur noch selten geschieht –
und der Wind klagt leise,
      hüllt sie ein in seiner Wärme,
        wiederholt ihre stummen Gebete
und ihren unausgesprochenen Dank
      für das Leben.
                        (Ludwig [1])

Joseph Bruchac

RUNDHAUS

Ob Heimstatt aus Ton
oder Herberge aus Schweiß,
Wigwam oder *Wicklup*
oder Tipi, in dem
der Trinkwasserklang
der Peyote-Trommel
gehört werden kann –
die Bauten
der indianischen Völker
waren rund.

Der Boden des Hauses
versinnbildlichte die Erde,
auf der wir alle leben,
unser aller Mutter.

Die Wände symbolisierten den Himmel,
der sich über uns wölbt,
uns den Regen bringt
und das warme Licht beherbergt,
das den Keim unseres Lebens erweckt.

Die runde Form war die
des Heiligen Zirkels,
der weder Anfang noch Ende besitzt,
und auch keine Ecke wie die
Häuser der Weißen.

Manche von den Alten sagen, daß
sie niemals gelernt haben,
unbeschwert in Häusern mit

solchen Ecken zu leben,
wo geheiligte Dinge
wie Friedenspfeifen und Kinder
anscheinend ständig verloren gehen.

(Akwesasne Notes [5])

Mary Mudd

AURORA BOREALIS

Aurora Borealis
du tanzt in den Himmeln
und berührst mein Herz
mit einer winzigen Bewegung.

Eis und Schnee
erstrahlen im Glanz
der Geist-Tänzer
aus unserer indianischen Vergangenheit.

Durch die frische,
kühle Atmosphäre hindurch
umgibt mich ein Energiefeld
aus farbenfrohen Strahlen.

Aurora Borealis,
dein Nordlicht
erleuchtet meine Seele
und winkt mich in die Arktis. *(Yukon Indian News)*

Lance Henson

AUF WACHT AM FRÜHEN NACHMITTAG

draußen vorm fenster
in einem gehölz junger weiden
glitzert ein schneewirbelwind wie einer
der bruder ist für alle namen von regen

in diesem guten haus
wo shawnee und cheyenne stimmen sich versammeln
in den feuerschein der vorfahren gehüllt
werden diese tage wie licht auf einem fluß
bei uns bleiben

über das verdorbene und beschädigte land hinaus

und gerade jetzt treibt der wind über den berg
sein sperlingerfülltes licht von der art wie krieger es

schweigend beobachtet hätten   *(Henson)*

Sarah Underhill

WO ICH WAR

„Wo bist du gewesen?"
sie fragten mich,
und ich sagte meinem Volk,
daß ich auf die Berge gestiegen war
und den Geruch der See spürte,

daß ich Bären gejagt
und zwei Jahreszeiten erlebt hätte
schwelgend im Schweigen
ihrer einsamen Majestät,
bis meine Zunge Staub war
und meine Haut Wasser vergoß.
Und ich drohte mit der Faust

den Flugzeugen
und segnete den Donner.

Nur die Ältesten verstanden mich,
nur der Alte lächelte wissend.   *(Mailandt)*

Joy Harjo

ABSCHIED IM SPÄTSOMMER

Ich erwachte und zündete das Licht an.
Du träumtest von
      weißen Vögeln,
          die überwinterten.
  Dein Gesicht beschrieb einen weichen Winkel
      zum Licht.
      Sogar im
Schlaf hast du ein Gefühl für eine bestimmte Richtung.
      Deine Augen schließen sich gegen die
      Helligkeit.
        aber du atmest in der Sonne
      wie eine Sonnenblume.
(Die Wahrnehmung von Licht ist so konkret wie jede
      Art der Berührung,
        wie Luft und Wasser auf der Haut.)
Jetzt bin ich angekleidet und sehe mich, wie ich
      von dir weggehe
        in einer Felsbrücke.
          An ihren Wänden sehe ich den
          Schutzschild eines Kriegers,
    er ist rund und mit Federn bestückt.
Im Norden gibt es Gänse,
        die ihre Federn säubern
    und sich auf den Flug nach Süden vorbereiten,
          und ich kann dich hören,
noch eine Stimme in deinem Traum
        wie Vögel,
die über ihre baldige Heimreise sprechen.

Du wendest den Kopf
        noch einmal, bevor ich gehe.
     Dein Körper bewegt sich wie ein Boot
           in fremden Tropengewässern.
Du schaust nach Osten.
     Die Sonne
    geht in Sternenzeit über den Sandias auf.
Ein neues Jahr,
       ein neuer Morgen.
Ich beobachte ihre Rückkehr in dir
     und memoriere noch ein letztes Lied,
     um endlich
     nach Hause gehen zu können.

(Akwesasne Notes [6])

Lance Henson

VERLUSTE ZÄHLEN IM OKTOBER

ein wind wächst aus sich heraus von norden
folgt dem flug der gänse
den ersten die ich dieses jahr beobachte
über meines großvaters land

mitte oktober
bis in die dunkelheit lasse ich das feuer vor der
schwitzhütte glühen
denke an brudergesänge

in einem dunklen tuch schaut der abend von einem
ulmengehölz aus zu

die freude darüber daß sich ein kleiner wind erhebt
und die unerbittliche dunkelheit der nacht.   *(Henson)*

Barney Bush

WO SIND DIE KINDER

Manchmal, mitten im
Wald   sicher in der
wirklichen Welt   erzählen Malereien auf
Leinwand   Geschichten
lösen sich im Nichts auf, wenn die Sonne
in blauen Hügeln versinkt.
Winterliche Feuchtigkeit wird tief
in den Flechten aufgesogen, die
die Bäume an diesem Steilufer bedecken.
Es herrscht Stille   sogar die
Stimme meines Herzens verstummt   aber
das europäische Maschinenzeitalter   dröhnt
zwanzig Meilen von hier
Wegwerfgeräusche von
Erben der Wegwerfgesellschaft.
Dieses Leben ist die Erde.
Aus tausend Augen blickt die Menschheit
in diese Welt   aber
es ist noch immer die Erde voller
Bedeutungen, für die es auf Englisch kein Wort gibt.
Die Menschheit hat ihre Kinder verloren,
indem sie jede Bewegung in
Worte ohne Sinn übersetzte.
Unsere Brüder und Schwestern, die
kriechen   schwimmen   fliegen oder auf
vier Beinen gehen   haben eine Stimme, um
ihre Welt größer zu machen.
Pelathe, der Adler, streicht
lange Federarme gegen den

Himmel   er ruft laut, als er in die
Tiefen des Berges eintaucht.   Sein
Ruf bedeutet für mich den Zutritt zu seiner
Welt des Schweigens.
Wortkarger Jargon ersetzt das
Schweigen der Kinder   ersetzt
die Natur   die Suche nach der Erkenntnis.
Arme, dumme Abkömmlinge des
unumstößlichen Schicksals   ihr habt
mir meine Rache verdorben.   Ich wollte
euch selbst vernichten.   *(Akwesasne Notes [4])*

Anonym

ES IST AUS

Es ist aus,
hier sitz' ich und betrachte den Sand
der Zivilisation,
der durch meine Finger rinnt.

Es ist aus,
die Toten sind nur Erinnerung
und leben in unseren Liedern weiter.

Es ist aus mit uns.

Und der Adler
fliegt einsam hinein
in die Berge des Himmels

schützend die Jungen
die, nimmer verstehend

unter ihm wandern.   *(Mailandt)*

GEBET ZU KHWA, DEM REGENBOGEN

Eine Überlieferung der Pygmäen in Zentralafrika

Khwa! Regenbogen! O Regenbogen!
Der du glänzt in der Höhe, so hoch
über dem unermeßlichen Urwald,
zwischen den schwarzen Wolken,
zerteilend den schwarzen Himmel.
Siegreich hast du gestürzt
den Donner, der grollte,
der so heftig grollte, sehr zornig.
War er zornig auf uns?
Zwischen den schwarzen Wolken
zerteilst du den dunklen Himmel
wie ein Messer die reife Frucht,
Regenbogen, Regenbogen!
Schon floh
der Donner Menschentöter,
wie die Antilope vor dem Panther flieht,
fliehend verschwand er,
Regenbogen, Regenbogen!
Mächtiger Bogen des himmlischen Jägers,
des Jägers, der die Herde der Wolken verfolgt
wie eine fliehende Elefantenherde,
Regenbogen, bring ihm unseren Dank.
Sage ihm: „Ergrimme dich nicht!"
Sage ihm: „Sei nicht zornig!"
Sage ihm: „Töte uns nicht!"
Denn wir haben Angst,
Regenbogen, sage es ihm.   *(Ernesto Cardenal)*

Jenny

HEILIGE FRAU AUS DER KALIFORNISCHEN WÜSTE

Ich, die Spechtfrau, habe euch lange gekannt,
ihr kamt als Freunde zu mir,
zu Pferde,
brauchtet meine Hilfe,
lernend   liebend,
wurdet Teil meiner Welt
und bliebt doch ihr selbst.
Ich sah euch Wissende werden
durch Lernen.
Noch einmal versenke ich mich
doch in Trauer, die nie mehr enden wird.
So viele seh ich jetzt kommen,
fluten in Asphalt, Metall und Glas,
und ihr bemerkt mich nicht einmal.   *(Mailandt)*

Aslak Guttorm

SAMENSPRACHE

Samensprache – Goldsprache
weshalb schläfst du?
Weshalb bist du so mutlos?
Verstumme nicht, Muttersprache!
Selbst wenn fremde Sprachen – fremdes Gedankengut
schon ein Grab für dich graben,
selbst wenn du noch nicht in voller Blüte
ausgeschlagen hast und die Knospe
noch nicht aufgesprungen ist.   *(Stüssi)*

Puanani Burgess

DER PASSENDE NAME FÜR EIN KIND

Schon ihre Großmutter
hatte sie gewarnt,
lange bevor ihr erstes Kind
und ihr zweites Kind
geboren waren,
daß die Namen der Vögel
Kindern nicht gegeben werden sollten:
    „Lele ka manu." *
Das erste Kind nannte sie
Iwalani, nach der schwingenschlagenden Schönheit
des schwarzgefiederten, blutrotbrüstigen
Krieger-Vogels:
    Dieses Kind starb an Leukämie:
    „Lele ka manu."
Das zweite Kind nannte sie
Iolani, nach dem wolkenstreifenden Flug
des königlichen Falken:
    Dieses Kind starb am Krieg:
    „Lele ka manu."   *(Ludwig [1])*

* „Ein Vogel fliegt immer davon."

DER VERLUST DER SCHRIFT

Eine Mythe der Akha in Nordthailand

Nach der Erschaffung der Menschen durch den Großen Ahnherren Apoe Miyeh war dieser bald unzufrieden mit seinem Werk. Die Menschen bearbeiteten zwar die Felder, bauten Häuser und Dörfer, vermehrten sich und suchten neue Gegenden auf; doch dies alles reichte Apoe Miyeh nicht. Deshalb ließ er eines Tages Vertreter einer jeden Volksgruppe zu sich kommen und überreichte ihnen ein Buch. Um Verwechslungen zu vermeiden und die einzelnen Völker voneinander abzugrenzen, hatte Apoe Miyeh alle Bücher in verschiedenen Formen angefertigt. Die Bücher enthielten für jedes Volk eigens ausgesuchte Schriftzeichen sowie Weisungen für dessen zukünftigen Lebensweg.

Das Buch der Akha hatte Apoe Miyeh auf die Haut eines Wasserbüffels geschrieben. Mit diesem kostbaren Schatz kehrten die Akha heim in ihr Dorf, wo sie ihn im Hause des Priesters aufbewahrten. Tag und Nacht mußte ein junger Mann vor der Büffelhaut wachen, damit sie niemals gestohlen würde. So lebten die Akha über eine lange Zeit, und sie brachten es zu einer großen Kunst im Verfassen von Geschichten, bis eines Jahres eine fürchterliche Hungersnot ausbrach. Der Regen blieb weg, der Reis verdörrte noch bevor er reif war, und die Tiere starben dahin. Bald hatten die Akha fast alle ihre Vorräte aufgebraucht, und noch immer war keine Rettung in Sicht.

Als schließlich sämtliche Nahrungsvorräte verbraucht waren und der Untergang der Akha unvermeidlich schien, griff der Priester zur letzten Möglichkeit, um sein Volk zu retten. Er nahm die Büffelhaut mit den Schriftzeichen von

Apoe Miyeh, bat seinen Schöpfer um Verzeihung, röstete sie und verteilte sie unter seinem Volk.

So rettete der die Akha, doch mit der Büffelhaut hatten sie auch ihre Schrift verloren. Die Zeichen blieben aber in ihrem Bauch, und deshalb kennen die Akha bis heute so viele Erzählungen, die sie ihren Nachkommen mündlich überliefern.

(Ludwig [1])

Leilene Marie Carantes

ICH KANN KEIN GEDICHT MEHR SCHREIBEN

Ich kann kein Gedicht mehr schreiben
wenn Leben auf verlassenen Feldern erlischt
wenn Pfade sich vor dem Himmel verbergen
        zu dem die Menschen
        vorher
        in Frieden aufgeschaut haben.
Von Morgengrauen bis Sonnenuntergang
ertönt nur noch Furcht
vom verschreckten Flug
eines hungrigen Vogels.

(Ludwig [1])

WIE EINE KINDERSEELE IN DEN INDIANERHIMMEL FLIEGT

Eine Mythe der Maués-Indianer aus dem Amazonas Urwald

Die Indianer am Amazonas glauben, daß sich die Seele eines sterbenden Indianers in einen Schmetterling verwandelt. Darauf fliegt sie auf Falterflügeln von Blume zu Blume und stärkt sich mit Honig, damit sie die lange Reise in den Himmel durchstehen kann.

Coacyaba, eine gütige Indianerfrau, wurde schon früh Witwe und lebte nur noch weiter, um ihre einzige Tochter Guanamby glücklich zu machen. Täglich gingen Mutter und Tochter über die Wiesen spazieren und freuten sich an der bunten Pracht der Blumen und an den Vögeln und Schmetterlingen. Doch Coacyaba verzehrte sich innerlich vor Sehnsucht nach ihrem verstorbenen Mann. Ihre Kräfte schwanden von Tag zu Tag, und bald mußte sie sterben.

Das Waisenkind Guanamby suchte jeden Tag das Grab seiner Mutter auf, um Trost zu finden und sie zu bitten, ihr in den Himmel nachfolgen zu dürfen. So wurde auch das Kind immer schwächer und starb kurz nach dem Tode seiner Mutter. Guanambys Seele versteckte sich in einer Blume neben ihrem Grab und rief unablässig nach der Mutter, damit sie sie hole. Coacyabas Seele, die als Schmetterling von Blume zu Blume flog, hörte die Stimme der Tochter und versuchte, deren Bitte zu erfüllen. Aber sie hatte in der Gestalt eines Schmetterlings nicht genügend Kraft, um die Seele des Kindes in den Himmel zu tragen.

Da bat Coacyaba die Sonne, sie möge sie doch in einen Vogel verwandeln. Ihr Wunsch wurde nur zum Teil erfüllt. Sie wandelte sich zu einem winzigen Vogel, der wie ein Schmetterling Honig saugen konnte: ein Kolibri. Aber es war Coacyaba möglich, die Seele ihrer Tochter in den Himmel zu tragen, wo sie allen anderen Seelen erzählte, wie sie zu einem Kolibri geworden war.

Seither verwandelt sich eine Indianerseele in einen Kolibri, wenn ein Indianerkind stirbt. Der Kolibri fliegt von Blume zu Blume, um die Kinderseele zu finden und auf seinen Flügeln zu tragen. Denn die Seele eines Kindes hat nicht die Kraft, ohne Hilfe in den Himmel zu fliegen.

(Märchen und Mythen der brasilianischen Indianer)

„Laguna Pueblo"

WIEGENLIED

Die Erde ist deine Mutter,
    sie hält dich.
Der Himmel ist dein Vater,
    er beschützt dich,
schlaf,
schlaf,
Regenbogen ist deine Schwester,
    sie liebt dich.
Die Winde sind deine Brüder,
    sie singen dir zu.
schlaf,
schlaf
Wir sind immer beisammen
Wir sind immer beisammen
Es gab nie eine Zeit,
wo dies
nicht so war.

(Arens/Braun)

ELEMENT WASSER –
DER URSPRUNG ALLEN LEBENS

Für das Wasserelement gibt es verschiedene Auslegungen. Zunächst einmal ist es jedoch der Ursprung allen Lebens. Vielen indigenen Völkern war das auch ohne naturwissenschaftliche Kenntnisse im europäischen Sinn schon lange bekannt.

In der westlich-esoterischen Tradition symbolisiert Wasser den Gefühlsbereich, und der Gehalt der Symbole liegt auf der Hand: Im Ruhezustand erscheint Wasser weich und glatt, doch kann es aufbrausen, hohe Wellen schlagen und alles mit sich reißen.

Auf jeden Fall ist es in seiner Tiefe von außen nie zu erfassen. Da im Gefühlsbereich Intuition (oder Instinkt) über den Intellekt dominieren, stellt der astrologische Tierkreis die Wasserzeichen durch drei Tiere dar; Krebs, Skorpion und Fische. Im Tarot symbolisieren Kelche das Wasserelement, ein zweifellos naheliegendes Bild. In leicht abgewandelter Form als Kessel der Fülle spielt die Symbolik in der keltischen Mythologie eine wichtige Rolle. Daraus entstand später der Grals-Mythos.

Diese Tradition weist auf die spirituelle Dimension des Wasserelements hin, bei der es nicht nur um vergängliche Emotionen geht. Wasser wird stattdessen zum Träger einer umfassenden göttlichen Liebe, die alle Geschöpfe einschließt und in der alle aufgehoben sind. Bezeichnenderweise vollenden die Fische den astrologischen Tierkreis. Sie, die nicht mehr wirklich greifbar sind, stehen für die Preisgabe der Individualität in einer größeren spirituellen Ordnung als letztes Ziel. Wer die heutigen Flüsse, Seen und Meere anschaut, erkennt darin kaum mehr etwas von der spirituellen Dimension des Wassers wieder. Wie die anderen Elemente wurde auch das Wasser rücksichtslos der Konsumgesellschaft untergeordnet. In Deutschland werden 80 Prozent des Wassers für die industrielle Produktion verbraucht. Darüber hinaus gelten vor allem die Meere als billige Müllkippe. Täglich fließen weltweit mehrere Millionen Tonnen zum Teil noch unbekannter Schadstoffgemische in die Gewässer – mit dem Resultat, daß es erstmals in der Erdgeschichte innerhalb einer Generation zum Massensterben maritimen Lebens kommt.

Bilder und Symbole

Wasser als lebensspendendes Element spiegelt sich in vielen Geschichten und Gedichten der Ureinwohner wider. Neben den irdischen Gewässern werden der Regen oder Quellen besungen. Indigene Völker, die am Meer wohnen, fühlen sich häufig dem Wal als Meeressäuger verbunden. Eine wunderschöne Schöpfungsmythe der sibirischen Tschuktschen, von einem einheimischen Schriftsteller nacherzählt, sieht die Wale gar als Urahnen der Menschen. Insgesamt spielen Tiere in den Texten um das Wasserelement indes nicht eine so wichtige Rolle wie bei Luft oder Erde; vielleicht weil sie sich der konkreten sinnlichen Erfassung durch den Menschen eher entziehen. Unter den Gestirnen wird der Mond dem Wasser zugeordnet. Er gilt zumeist, wie das Wasser selbst, als weibliches Element. Seine Tränen sorgen für den Tau am Morgen. Die Ausnahme bilden einige Eskimovölker, die den Mond als männlich ansehen. Offenbar genießt der Mond nicht immer so ein hohes Ansehen wie die Sonne, denn in manchen Texten erscheint er furchteinflößend und häßlich. Bisweilen taucht auch der Gedanke vom heilenden Wasser auf, dem Gesund- oder Jungbrunnen, der die Menschen von Kranheiten und Gebrechen befreit.

WARUM DER MOND AM HIMMEL WOHNT

Ein Märchen der San (Buschmänner) aus dem südlichen Afrika

Vor langer, langer Zeit war der Mond noch ein Buschmann. Er lebte im Feld und suchte sich tagsüber Knollen und Wurzeln zum Essen, und er schlief allein in seiner Hütte aus trockenem Gras.

Eines Tages kam ein Buschmann und fragte erstaunt: „Warum lebst du hier so einsam ohne Sippe?" – „Ich kenne niemand, der mich aufnehmen würde", erwiderte der Mond, „aber du hast recht, es wäre besser, nicht allein zu sein und Frau und Kinder zu haben." Und er seufzte tief.

Der Buschmann hatte Mitleid mit ihm und zeigte ihm den Weg zu einer Sippe auf der anderen Seite des Flusses. Der Mond ging zu ihnen und bat, die älteste Tochter heiraten zu dürfen. Die Leute betrachteten ihn zögernd und flüsterten: „Noch nie haben wir einen so häßlichen Buschmann gesehen. Sein Kopf ist kugelrund, er hat weder Nase noch Ohren, und Augen scheint er auch nicht zu besitzen."

„Ich sehe Augen", flüsterte die Mutter des jungen Mädchens. „Ich glaube, sie sitzen auf den großen Zehen, wo sonst die Fußnägel wachsen. Ich werde mir eine List ausdenken um herauszufinden, ob es so ist."

„Komm, Sohn", schmeichelte sie darum freundlich, „geh mit uns auf Knollensuche. Grabe sie aus und röste sie, damit ich sehe, ob du meine Tochter ernähren kannst." Den ganzen Tag sammelte der Mond Wurzeln und Knollen, und am Abend entzündete er ein Feuer. Die alte Frau tat, als wollte sie helfen, verschüttete aber glühende Funken über seine Füße.

„Au, meine Augen", schrie der unglückliche Buschmann,

„du hast meine Augen verbrannt!" Er war überlistet worden von der Alten, die kreischte: „Du häßliches Wesen. Wie kannst du es wagen, mit diesem Gesicht, das überhaupt kein Gesicht ist, meine schöne Tochter heiraten zu wollen! Scher dich fort!"

Traurig kehrte er zurück in seine Hütte, und er brannte auf Rache. Niemand durfte sich ungestraft über ihn lustig machen! So ersann auch er eine List. Am nächsten Morgen bedeckte er seinen Kopf mit einem Ziegenfell, so daß sein Gesicht nicht zu erkennen war, überquerte den Fluß und bat noch einmal, das schöne Mädchen heiraten zu dürfen. Ihr gefiel der mutige und kräftige Buschmann, und so feierten sie bald Hochzeit. Unter seinem Ziegenfell versteckt, sah er seine junge Frau an und war glücklich, nicht mehr allein in seiner Hütte zu leben.

Nur die Mutter wunderte sich, warum der Fremde sein Gesicht verhüllte. Sie wurde neugierig. Als sie ihn nach alter Sitte mit geweihtem Wasser wusch, riß sie ihm plötzlich das Fell vom Kopf. Wie erschrak sie, als das häßliche Gesicht ohne Mund, Nase und Ohren zum Vorschein kam!

Durch ihr Geschrei stürzten alle Männer herbei, und sie klagte über den Betrug. Böse schlugen sie auf ihn ein, bis einer von ihnen blind vor Wut einen knolligen Knüppel ergriff und ihm einen so gewaltigen Schlag versetzte, daß der runde Kopf in den Himmel flog. Dort blieb er stehen. Er kam nie wieder zurück.

Die Menschen nennen ihn Mond. Immer, wenn er groß und rund ist, setzt er seine Augen ins Gesicht, um auf das schöne Mädchen herabzusehen. Manchmal ist er traurig über seine junge Frau, die unerreichbar für ihn bleibt. Er weint bittere Tränen, und am Ende solcher Nächte ist das Feld mit Tau bedeckt. *(Märchen der Buschmänner)*

Katsi Cook

DIE INDIGENEN FRAUEN
UND DER MOND

In einer traditionellen Welt faßten eingeborene amerikanische Frauen ihren Körper den Perioden von Erde und Mond folgend auf. In der universellen Gemeinschaft von Frauen wurde die Erde als unsere Mutter, von der alles Leben kommt, aufgefaßt.

Eine Dine-Ursprungsmythe erzählt vom Menstruationsfluß der Welt, durch den die Vegetation und die Fortpflanzung möglich sind.

Dieser Fluß, den wir als Tau kennen, wurde vom männlichen Tau der horizontalen Himmelsbläue und dem weiblichen Tau der Dunkelheit erzeugt.

Die Fortpflanzung entsprang dieser Menstruation der Erde. Der Mond, unsere Großmutter, ist die Führerin allen weiblichen Lebens. Sie kontrolliert alle weiblichen oder schöpferischen Dinge. Sie verursacht die großen Wasser ... um die Wasser der Fortpflanzung in Bewegung zu setzen, die Geburten selber und die Ozeane. Daß Großmutter Mond die Kräfte der Fortpflanzung kontrolliert, ist grundlegend für die Gesundheit oder das Gleichgewicht des weiblichen Lebens. Die Zeit der Menstruation bedeutet „Meine Großmutter besucht mich." Die alten Frauen sagen uns „Eine Frau ist wie der Mond. Wenn sie jung ist und gerade zur Frau wird, ist sie wie der Neumond. Sie wird regelmäßig zum Neumond menstruieren. Wenn sie weiter durchs Leben geht, erreicht sie ihren Gipfel und wird wie der Vollmond. Sie ist genauso voll und fruchtbar. Wenn sie altert, schwindet sie mit dem Mond. Das ganze Leben hindurch, wie mit jedem monatlichen Zyklus der

Fruchtbarkeit und der Reinigung nimmt sie mit dem Mond ab. Es ist, als ob sie sich mit ihrer Großmutter bei der Hand hält."

In der „Kwakiute Ethnographie" sagt Franz Boas: „Schwangerschaft dauert zehn Monate nach der letzten Periode. Beim ersten Erscheinen des Neumondes, im letzten Monat ihrer Schwangerschaft, geht sie hinaus und betet zum Mond für eine leichte Geburt. Das wird seit langer Zeit gemacht. Das Kind wird im allgemeinen bei Vollmond desselben Monats geboren."

Großmutter Mond's Wirkung auf die schöpferischen Wasser war beim Wichita-Volk auch bekannt: „Der Geist des Wassers, ‚Die Frau seit jeher im Wasser', ist eng verbunden mit dem Geist des Mondes, obschon sich ihre Funktionen jetzt unterscheiden: der eine erzeugt Leben; der andere macht dessen Wachstum und die Fortpflanzung möglich. Zur Veranschaulichung würde eine Frau, die sich ein Kind wünscht, nicht zum Wassergott beten, sondern würde sich an den Geist des Mondes wenden; dann, wenn das Kind geboren würde, würde die Mutter die Wohltaten des Wassergeistes erflehen, des Mondgottes und auch die oberste Gottheit mit einschließen" (aus: Man not known on Earth; Curitis, Volume 19, Die nordamerik. Indianer.)

In vielen einheimischen amerikanischen Ursprungsgeschichten waren die Geschlechtsreife-Zeremonien ein Geschenk an die Frauen vom Mond oder anderem Ursprungs-Dasein. Die rituelle Einführung in das „Frau-werden" war grundlegend für die Entwicklung und das Wachstum einer gesunden Frau. Mit vielen Variationen von Nation zu Nation war dies im allgemeinen eine Zeit der vollendeten und freudevollen Anerkennung des Eintretens des ersten menstruellen Flusses, welcher den Übergang vom Mädchen zur Frau markierte.

„Wenn ein Cahuilla-Mädchen ihre erste Menstruation bekam, wurde sie auf ein Bett von Zweigen und Kräutern gelegt, in eine geheizte Grube. Mit einer Decke bedeckt blieb sie dort über 3 Tage liegen, während die Frauen und Männer tanzten und Lieder sangen, die auf dies Gesetz vom Mond und die geeignete Einführung der menstruierenden Mädchen anspielten." Die Geschlechtsreife-Zeremonie war vielleicht die wichtigste Zeremonie im Leben einer eingeborenen amerikanischen Frau. Zu dieser Zeit wurde sie isoliert von der übrigen Gemeinschaft und, begleitet von ihren weiblichen Verwandten, eingeführt in die Fertigkeiten und das Wissen für ihr Überleben in der Gemeinschaft.

(Akwesasne Notes [7])

Rokwaho

MUSIK DES TANZENDEN MONDES

Ich will nicht schlafen im Mondschein der Morgendämmerung,
während ich hier im hohen, kühlen Gras liege,

ich betrachte den Tanz des Mondes zum Gesang der Frösche
und den Rhythmus der Grillen,

die Erde ist kühl, mein bloßer Körper dampft,

im Geiste tanze ich mit dem Mond zu dem Gesang und dem Rhythmus,
während der Mond den silbernen Sternenregen versprüht,
der meinen tanzenden Geist erschauern läßt,

ein Wirbelwind raschelt den Weg entlang,
den der Geist des Wolfes geht,
nicht weit von den bunten Bändern des Regenbogens,
die über plumpen grauen Wolken wogen,

über dem Wirbelwind kreist eine weiße Eule
und folgt dem rastlosen Wolfswind,

sie tanzen zusammen zum Gesang und Rhythmus des Regens,
der von den Sternen fällt,

der wirbelnde Wolfswind kitzelt die Blätter
und sie kichern ein lustiges Lied,
so daß ich lachen und singen könnte
mit den Sängern des tanzenden Mondes,

aber ich will nicht singen im Mondschein der Morgendämmerung,

ich will nur lauschen dem Lachen und Singen,
dem Lied und dem Rhythmus
ich will den tanzenden Mond betrachten
und das Wogen der bunten Bänder des Regenbogens,
bis der Glanz aus dem Osten die Wiedergeburt meiner Lieder bringt,
die für alle Zeiten Musik des tanzenden Mondes bleiben,
wenn der Morgen kommt.   (Mailandt)

Juri Rytcheu

WENN DIE WALE FORTZIEHEN

Eine Schöpfungsgeschichte der Tschuktschen von den Ufern der Beringsee

Nau suchte mit den Augen diesen überraschenden Glanz, der sich zum Ufer hin immer deutlicher abhob – die Fontäne schoß hoch auf, und das Sonnenlicht ließ in ihr einen vielfarbigen Regenbogen funkeln.

Nau lief über das kühle feuchte Gras. Das Geröll auf dem Ufer kitzelte ihre Füße, und das leise Lachen des Mädchens mischte sich mit dem Klang der glattpolierten Kieselsteine, die die Brandung hin- und herrollte.

Nau fühlte sich eins mit dem kräftigen Wind, dem grünen Gras und dem feuchten Kiesel, mit den hohen Wolken und dem endlosen blauen Himmel.

Und als zwischen ihren Beinen die aufgescheuchten Vögel davonliefen, die Hörnchen und die sommers leicht graufarbenen Hermeline, rief Nau ihnen zu, freudig und laut, und die Tiere verstanden sie. Sie schauten dem hochgewachsenen Mädchen nach, mit seinem wehenden, flügelgleichen schwarzen Haar.

Nie betrachtete sie sich mit fremdem Blick. Sie dachte nicht darüber nach, wodurch sie sich von den Bewohnern der Erdlöcher unterschied, von den in den Felsen Nistenden und den im Grase Kriechenden. Selbst die düsteren schwarzen Steine waren für Nau lebend und nah.

Und allem, was sie sah – dem Lebenden, welches Stimme kannte und Schrei, dem Stummen, doch sich Bewegenden, und dem in der ewigen Ruhe Verweilenden –, trat sie gleichermaßen ruhig und still entgegen.

Und dies war so bis zu der Zeit, da sie noch nicht die Fontäne des sich nähernden Wales bemerkt hatte, die hoch emporschoß und hörbar war in Ufernähe, da sie noch nicht den langen, kräftigen, leuchtenden Körper des Meeresriesen gesehen hatte – den Körper Rëus.

Der Wal schwamm auf das Ufer zu, und der Kiesel knirschte unter seinem Gewicht. Die Welle, die er aufsteigen ließ, rollte heran, ließ vor Kälte Naus bloße Füße brennen.

In den ersten Tagen wurde das Mädchen von etwas zurückgehalten, und es hütete sich, in die Nähe des Wales zu kommen. Etwas Starkes und Mächtiges hielt sie zurück an der Brandungslinie, an der Grenze, wo die kleinste Berührung durch die Welle ausgetrocknete Muscheln zu Staub zerfallen läßt, wo die im Meerwasser von Salz durchtränkten Rindenstücke liegen und manchmal auch ganze Baumstämme.

Nau schaute von weitem auf den Wal, auf den riesigen schwarzen Körper, in dem sich die Sonnenstrahlen tief spiegelten, und es schien ihr, als leuchtete der Wal aus seinem Innern mit einem ihm eigenen Licht.

Mit lautem Gurgeln flossen das Wasser und mit diesem kleinste rote Muscheltiere und Quallen in seinen Rachen, und über Rëus Kopf, im Wasserstaub, bildete sich ein sonniger Regenbogen.

Dieser lockte das Mädchen, rief es, zwang es, das unausgesprochene Verbot zu überschreiten, die unsichtbare Schwelle, welche die Kette aus bunten, von den Wellen ans Ufer getragenen Steinen kennzeichnete. Es wollte sich dem Regenbogen nähern, damit wenigstens ein einziger Tropfen, in dem eine kleine Sonne funkelte, auf sie falle.

Eines Tages ging Nau so nahe an den Wal heran, daß sich die Fontäne über sie, von Kopf bis Fuß, ergoß. Dies geschah unerwartet, doch alles war so, wie sie es geahnt hatte – die Tropfen waren warm, glänzend, und Nau fühlte, wie Sonnenstrahlen sie einhüllten, wie durch ihren ganzen Körper sich ein neues, nie gekanntes Gefühl weicher Zärtlichkeit ergoß, und eine Art Beklemmung in der Brust. Ihr schneller gehender Atem brach ab, es schwindelte ihr, so als habe sie lange von einer Anhöhe auf die über das Wasser laufenden Schatten der Wolken geschaut.

Und der Wal ließ sie in warmen Wasserstrahlen baden, die von Sonnenlicht durchtränkt waren, streichelte sie mit weichen, zärtlichen Klapsen seiner Fontäne und deren leisem Gemurmel.

Nau spürte, wie ihr kleines Herz wuchs in ihrer Brust und diese ausfüllte, so daß regelmäßiges Atmen schwer wurde. Ihr Blut erwärmte sich, denn es nahm die Wärme der Walfontäne in sich auf. In ihrer Verwirrung stand sie reglos, nicht wissend, was zu tun sei. Aber früher hatte sie doch nie überlegt, was zu tun sei. Wie der Wind, die Wellen, die Wolken, das sprießende Gras und die sich in ihm versteckenden Blumen, wie die Hörnchen und die fliegenden Vögel, wie die im Meer schwimmenden Tiere und Fische … Sie war ein Teil dieser gewaltigen Welt gewesen, die lebend war und tot, die leuchtete und in Finsternis versank, die in den Schlaf gewiegt wurde, von der Stille des hohen Himmels und der Decke aus weichen Wolken, die reißend wurde, wenn ein unerwartet hereinbrechender Wirbelsturm die Wellen in Bewegung setzte und sie über das Ufer sich ergießen ließ in dem Versuch, die Gräser zu erreichen, in denen Nau ihre kalten Füße schützend verbarg.

Jetzt aber überflutete sie etwas anderes. Es war, als sei sie eben erst erwacht und der Moment des Erwachens dauere fort, als sehe sie den Himmel wie neu, das blaue Meer, die Hügel mit ihren grünen Grashängen, und als höre sie zum ersten Mal das Pfeifen der Ziesel, den Gesang der Vogelberge an den Felsen, das Murmeln des Baches ... Als hätte sie plötzlich entdeckt, daß der Geschmack des Meerwassers sich von dem des Baches unterscheidet und daß die Morgenkälte in dem Maße weicht, wie die Sonne sich über dem Meer erhebt.

Wenn Nau nun durch die Tundra lief, wobei sie sich geschmeidig von den federnden Blüten abstieß, hielt sie plötzlich ein in ihrem Lauf und beugte sich über ein winziges blaues Blumenfleckchen, das einem aus dem Zenit gefallenen Himmelssplitter glich. Die tiefblaue Blattknospe wiegte sich auf dem zarten grünen Stengelchen, und Nau hörte einen durchdringenden, sich in der Ferne verlierenden Klang.

Die Welt der Töne und der Bilder klärte sich auf, und Nau wußte nun, woher das Dröhnen der sich gegen die Felsen brechenden Wellen kam, das Rauschen des mit unsichtbarer Riesenhand über das Tundragras streichenden Windes, das Plätschern der seichten Wellen in der Lagune, das Murmeln des Wassers im steinige Abhänge hinunterfließenden Bach.

Verschieden begannen die Vögel und Tiere zu sprechen.

Der schwarze Rabe krächzte mit schwarzen Lauten, und diese Laute waren dunkel und kalt wie der Schatten an jenem Ufer, welches kein Sonnenstrahl je erreichte und wo ewiger, vom Alter dunkel und porös gewordener Schnee lag.

Die Polarfüchse mit ihrem zotteligen Sommerfell kläfften, als spuckten sie die kleinen Kerne der Moltebeeren, die sich in ihrem Rachen festgesetzt hatten, wieder aus, spitz und durchdringend pfiffen die Ziesel, als riefen sie Nau bei ihrem Namen, riefen sie herbei, damit sie in die schwarzen

Eingangslöcher der unter dem Schutz des Steines ausgehobenen Baue schaue.

Es tönten die Meeresvögel, die an den Uferfelsen nisteten, und von Zeit zu Zeit, wenn sie, durch einen Vielfraß in Schrecken versetzt, alle zugleich aufflogen, ertrank jeder andere Laut in ihrem Lärmen, und die Welt wurde trostloseinförmig, grau und reizlos.

Nau entdeckte, daß Töne angenehm sein können für das Ohr oder aber derart, daß man fortlaufen und sich weit entfernt verstecken möchte. Dem Vogelgesang über einem morgendlichen Bache konnte sie endlos lauschen. Er hatte irgend etwas gemein mit dem Regenbogen über der Fontäne des Wales, und das Vogelgezwitscher weckte in ihrer Seele eine lichte Erwartung des bevorstehenden Wunders.

Von Tag zu Tag wurde die Tundra leuchtender und farbenreicher. Naus Füße wurden vom Saft der Beeren geschwärzt. Die alte Tundrawölfin leckte sie und schaute Nau mit hingegebenem und schwermütigem Blick in die Augen. Sie witterte den nahenden Winter und auch ihren eigenen Tod, denn sie war bereits zu nichts mehr nutze: das beschwerliche Leben und das Alter hatten ihre Zähne stumpf gemacht ...

Wie immer weckten an diesem Morgen die Sonnenstrahlen Nau.

Noch glänzten sie so hell wie zuvor, doch schon war in ihnen nicht mehr die einstige, alles durchdringende Wärme. Wie sie Naus geschlossene Lider berührten, war eine Warnung zu spüren, ein Widerhall der sich nähernden Unwetter.

Nau erwachte gänzlich und stillte ihren Hunger mit einer Handvoll Moltebeeren.

Ihr feines Gehör vernahm das gewöhnliche Rauschen der

Brandung, den Vogelgesang über dem Bach und das Rascheln des Grases.

Nau erhob sich und begab sich zum Meer.

Der Tau war ungewöhnlich kalt. Um sich zu wärmen und letzte Spuren des Schlafes abzuschütteln, rannte sie. Die Ziesel pfiffen ihr nach, und die erschrockenen Rebhühner flogen unter ihren Füßen auf, doch Nau hielt nicht ein, ein ängstlich-freudiges Vorgefühl bewegte sie. Normalerweise sammelte sie, um ihr kärgliches Frühstücksmahl zu bereichern, an der letzten Reihe der vom Meer angespülten Steine Ranken von Algen. Aber heute verlangsamte sie nicht einmal ihren Schritt.

Schon drang durch das Meeresgetöse das vertraute Pfeifen der sich zum Himmel erhebenden Walfontäne an ihr Ohr.

Der Glanz des Meeres blendete sie, und Nau konnte das Ufer nicht deutlich erkennen.

Plötzlich erblickte sie etwas Außergewöhnliches ... Im ersten Augenblick dachte sie, es könnte eine Vision der vom Wasser geblendeten Augen sein.

Die Fontäne, in der sich der Sonnenschein brach, gab es zwar, und auch den Wal, der bis an das Ufer gekommen war. Doch je genauer sie den Meeresriesen zu betrachten suchte, um so durchsichtiger wurde er, als löse er sich auf in eine Wolke aus feinsten Wassertröpfchen ...

Nau blinzelte einige Male, um den Wal deutlich sehen zu können.

Aber er war verschwunden.

Wie auch die Fontäne mit ihrem sonnigen Regenbogen nicht mehr war.

Statt all dessen sah sie an der mit Schaum eingefaßten Brandung einen Menschen.

Er stand dort und blickte sie mit schwarzen Augen an,

die waren wie die eines Seehundes. Nau warf einen flinken Blick auf das Meer. Dort war alles leer. Nichts wies darauf hin, daß der Wal, der eben noch am Ufer weilte, fortgeschwommen wäre. An der Brandungslinie saßen die Strandläufer und zuckten mit ihren spitzen Köpfchen. Schwärme von Zugvögeln kreisten tief über der Wasseroberfläche.

Nau spürte, wie kalt es war ringsum. Der eisige Kiesel ließ ihre Füße brennen, kalt war die Luft, und selbst die Sonnenstrahlen wärmten nicht mehr. Der Mensch ging einen Schritt auf sie zu, und für einen Augenblick schien es ihr, als blitze hinter seinem Rücken ein Regenbogen auf. Sein Gesicht veränderte sich plötzlich: die Augen wurden schmaler, die Lippen öffneten sich leicht, und sein ganzes Antlitz strahlte eine ungewöhnliche Wärme aus, eine zärtliche, selbst über einen Abstand hin deutlich spürbare, eine lockende. Und diese Wärme, die von ihm ausging, umhüllte Nau wie eine weiche Wolke.

Auch Nau trat ihm einen Schritt entgegen, denn sie fühlte plötzlich den Wunsch, sich gegen die Brust des Unbekannten zu pressen, sich in ihm vor der Kälte zu verbergen.

Der Mann nahm Nau bei der Hand.

Er ging leicht, überschritt kleine Pfützen, übersprang Flüsse, sein Gang war wie der Flug eines Vogels. Nau folgte dem Unbekannten, scheinbar getragen von ihrem flügelhaften wehenden schwarzen Haar.

Die Morgenkälte war verflogen, heiß wurde es gar, und die Füße brannten, als liefe Nau nicht durch kaltes Gras, sondern über die von der Sommersonne glühenden sandigen Ufer der Tundraflüsse.

Der Glanz der Sonne jagte ihnen nach über die spiegelglatte Wasseroberfläche der Lagune, über die strömenden

Wasser der Flüßchen und Bäche, über die zahlreichen Pfützen und kleinen Seen.

Was war das nur?

Eine nie gekannte, ungeheure, nur mit der Sonne vergleichbare Freude. Eine Leichtigkeit und die ängstlich-süße Erwartung, eine warme Beklemmung in der Brust, welche hervorgerufen worden war von dem Gedanken, daß er an ihrer Seite war – jener, in welchem alles zusammenfloß, was in diesem Sommer sich ereignet hatte: der riesige Wal und die überraschende Wärme und die unerwartete Entdekkung, daß sie sich durch irgend etwas unterschied von den Vögeln und Tieren, von den Gräsern und Wellen, vom Himmel und der Erde ...

Was nur war es?

Sie stiegen die Hügel der Tundra hinan, die bedeckt waren mit zartem, gerade erst ein wenig gelb gewordenem Gras. Unter dem Gras wuchs das trockene leuchtend-blaue Rentiermoos – die Flechte, deren dicke Polster die anderen Gewächse vor der tödlichen Einwirkung des ewigen Frostes schützen.

Von der Höhe der Hügel aus öffnete sich der Blick auf das schon ferne Meer mit seiner kaum hörbaren, gedämpft rauschenden Brandung.

Der Mann blieb stehen, ohne Naus Hand freizugeben.

Er wandte sein Antlitz dem Meer zu, und beide, das Mädchen und er, schauten auf die blaue Weite.

Hinter der weißen Einfassung der Brandung tummelten sich die Wale. Die Gruppe näherte sich dem Ufer, schmückte die Wellen mit regenbogenfarbenen Fontänen und verscheuchte dabei einen Schwarm Strandläufer.

Sein Gesicht leuchtete wieder mit jenem Ausdruck, von welchem Wärme ausging, und in seinen großen schwarzen Seehundaugen entzündete sich ein warmes gelbes Feuer.

Der Mann ergriff nun auch ihre andere Hand und zog Nau kaum merklich an sich. Die Wärme schien brennend, unerträglich, doch lockend. Es schwindelte ihr leicht, und Nau erinnerte sich daran, wie sie auf die hohen Uferfelsen gestiegen war und von dort lange auf das Meer hinabgeschaut hatte, auf die sich kräuselnde Wasseroberfläche, auf die einander folgenden Wellen ... Damals schwindelte ihr genauso, und die steile Tiefe zog sie an, löste in ihren Beinen ein wonniges Zittern aus ...

Aber dies ist etwas ganz anderes, es erinnert nur entfernt an den Ruf des Abgrunds.

Und wieder spürte sie die Wärme, die zärtliche, die weiche, so weich wie die Daunen in den Nestern der Eiderente in den kalten, dem Meer zugewandten, ewig vom Winde umwehten und vom Salzwasserspritzern benetzten Felsen ...

Sein Gesicht war nah, und es veränderte sich, wie die Tundra und das Meer sich verändern unter einem Wind, der mit seinen Wolken die Sonne bald freigibt, bald verdeckt.

Von ihm ging der Geruch von Meerwind und Wasserpflanzen aus.

Ja, sie hatte gerade ihn erwartet, einen, der nah und verständnisvoll, stark und zärtlich zugleich war. Und all ihre Angst am Morgen, ihre Unruhe am Abend, wenn die Sonne am Horizont im Meer versank, und ihr Gefühl der Freude, wenn der Wal sich dem Ufer näherte, waren eine Vorahnung eben gerade dieses Zusammentreffens gewesen, die Erwartung des Glücks.

Rëu ließ sich nieder im Gras und zog Nau zu sich hinab. Es schwindelte ihr, alles schien verdeckt von einem regenbogenfarbenen Dunstschleier, und es war, als sei ihr Körper eingetaucht in die warme Walfontäne, umhüllt und

gestreichelt von der Berührung ihrer zärtlichen Wasserstrahlen.

Für Augenblicke kam es ihr vor, als flöge sie über der Erdoberfläche dahin, von hellen weichen Wolken einem leichten Wind hinterhergetragen. Und gleichzeitig mit dieser
Empfindung wuchs etwas anderes in ihr: Sie wollte zu
einem einzigen zusammenfließen mit diesem Mann, und
dieser Wunsch war so stark, daß Nau einen Schmerz ver-
spürte. Zeitweise füllte dieser Schmerz ihr ganzes Inneres,
versuchte nach außen zu brechen, aber er fand keinen Weg.

Nau mochte schreien, denn Stöhnen entriß sich ihrem
Inneren, doch sie wußte nicht ... wußte noch nicht, daß ge-
rade dies das höchste Glück der Frau und die Quelle von
Gesang, Zärtlichkeit und neuem Leben ist ...

Nau hörte ein Lärmen von Walfontänen, welches die
Luft über den Wellen des Meeres zerschnitt ... R-r-r-r-
ëu! ... – schien es ihr.

„Rëu, Rëu, Rëu", wiederholte sie einige Male und öffnete
die Augen.

Rëus Gesicht war ganz nah, und seine großen schwarzen
Augen nahmen das Mädchen in sich auf, ließen es in flim-
mernder heißer Schwärze versinken.

Jetzt fühlte Nau weder Furcht noch Angst. Wieder und
wieder kam sie zu der Überzeugung, daß gerade dies ihr ge-
fehlt und sie gerade hierauf gewartet hatte. Sie hatte nur
nicht geahnt, daß es im Antlitz eines Mannes zu ihr kommen würde, der aus einem Wal hervorgegangen war.

Und plötzlich durchzuckte etwas wie ein glühender Son-
nenstrahl ihren ganzen Körper. Ihr erster Gedanke war:
Kann denn ein Schmerz Freude sein? Und da war schon die
Antwort: Ja, ein Schmerz kann die höchste Freude sein, die
schreien macht und klare heiße Tränen vergießen läßt. Der
Strahl ging in ihrem Körper umher, entzündete ihn, ent-

fachte ein unsichtbares Feuer in ihr, und sie wünschte nur eines – daß dies endlos dauern möge, ewig ...

Als Nau wieder zu Bewußtsein kam, fürchtete sie im ersten Augenblick, es könne alles nur Einbildung oder Traum gewesen sein.

Aber Rëu – so nannte sie in Gedanken diesen Mann – saß neben ihr und hielt ihre schwarzen Haare in seinen Händen, ließ die Strähnen aus einer Hand in die andere gleiten. Er lächelte, und sein Gesicht leuchtete mit einem außergewöhnlichen Glanz.

Er betrachtete Nau, näherte sein Gesicht dem ihren und berührte mit seiner Nasenspitze die ihre, und diese Berührung brachte das in den Herzen glimmende Feuer wieder zum Lodern.

„Kann denn ein Schmerz Freude bereiten?"

„Die höchste Freude kommt durch den Schmerz", antwortete Rëu.

Mit seinen Worten nahm Nau die bekannten Gerüche des Meeres auf – des salzigen Wasserstaubs, der Wasserpflanzen, des feuchten Kiesels und der über das Ufer verstreuten roten Seesterne.

Bevor die Sonne unterging, erhob sich Rëu vom niedergedrückten Gras und schlug die Richtung zum Meer ein.

Nau ging neben ihm.

Je näher das Tosen der Brandung kam, desto angsterfüllter wurde ihre Seele. Zum ersten Mal im Leben näherte sie sich dem Meer ohne Freude.

Da war schon die Brandung und auf ihrer Krümmung eine Schar Strandläufer.

Rëu hielt inne.

Die Sonne sank ins Meer. Über der Linie, welche Himmel und Wasser verband, war noch der obere Rand der Scheibe verblieben, und von ihm ging ein hell klingender

lichter Pfad aus und stieß auf das feuchte Ufer aus Kieselsteinen.

Rëu begab sich auf diesen Pfad, tat Schritte im Wasser,
und an der Stelle, wo eben noch ein Mensch gestanden
hatte, schimmerte für einen Augenblick eine Walfontäne.

Von Sinnen ging Nau ins Wasser, doch etwas Starkes und
Mächtiges stieß sie zurück an das Ufer.

Der Wal entfernte sich, immer weiter, und bald erlosch
seine Fontäne zusammen mit dem letzten Widerschein der
im Meer ertrinkenden Sonne. (...)   *(Rytcheu)*

Theodore L. Kafando

WENN ...

Wenn ich der Regen wär',
würd' ich die ganze Welt mit meinem Wasser benetzen.
Nach Afrika würd' ich fliegen,
um dort die Hirse zum Wachsen zu bringen.

Wenn ich ein Maler wär',
nähm' ich meinen Pinsel,
einen Vogel würd' ich malen,
aber keinen Käfig dazu.

Wenn ich ein Baum wär',
würd' ich meinen Schatten ausbreiten
und meine Früchte verschenken.

Ganz Burkina Faso würd' ich verzaubern.
Ganz Burkina Faso würde wieder grün.   *(Ludwig [1])*

Joseph Bruchac

QUELLWASSER

Im tiefsten Inneren der Wälder
hat man stets das Gefühl,
daß sich am Rande des Blickfeldes
etwas zu bewegen scheint.

Man hat euch gesagt, daß es in diesen Hügeln
keine Geistwesen mehr gibt,
doch wenn man die Erde
mit bloßen Händen berührt,
fühlt man ihren Herzschlag.

Jeder Schritt, den du machst,
folgt einem Pfad,
der längst schon existierte, bevor deine Lungen
diese Luft atmeten,
mit Tausenden von Geschichten durchtränkt.

Gehe zurück und folge
deinen eigenen Spuren.
Gelange an den Ort,
an dem die hölzerne Brücke
den Fluß überquerte,
ganz in der Nähe der Quelle,
wo der Fluß entsprang.

Sieh', wie die Fußspuren
eines Bären im Schlamm
auf dieser anderen Seite
einmal die
eines Menschen waren.

(Akwesasne Notes [8])

124

LEBT WOHL IHR SIEBEN WASSERFÄLLE

Klage paraguayischer Indianer

Sieben Wasserfälle stürzten durch mich,
Und alle sieben verdunsteten.
Innehält das Tosen der Kaskaden, und mit ihm
Weckt die zerstäubte Erinnerung an die Indios
Nicht mehr den geringsten Schauder.
Zu den toten Spaniern, den toten Bandeirantes*,
Den erloschenen Feuern
Von Ciudad Real de Guaira gesellen sich
Die sieben Gespenster der Wassermassen, ermordet
Durch die Hand des Menschen, Herr des Planeten.
Hier dröhnten einst Stimmen
Der phantasievollen Natur,
Sie überschüttete die Menschen
Mit Traumaufführungen ohne Vertrag.
Schönheit an sich, phantastischer Entwurf,
Körper aus Strudeln
Und luftumflossenen Dunstwolken,
Zeigte, entkleidete und schenkte sich
In freiem Beischlaf dem entzückten Menschenauge.
Die gesamte Baukunst, das gesamte Ingenieurwesen,
Ferner Ägypter und Assyrer,
Würden vergebens wagen, solch ein Denkmal zu schaffen.
Und es zerfällt
Durch den undankbaren Eingriff von Technokraten.
Hier zerrinnen sieben Schauspiele, sieben Bildwerke
Mit flüssigem Profil
Zwischen den Computerberechnungen
Eines Landes, das seine Menschlichkeit aufgibt,

Um ein eiskaltes Unternehmen zu werden und weiter
nichts.
Aus der Bewegung wird ein Staudamm,
Aus Bewegtheit wird die betriebliche Stille
Eines Wasserkraftwerks.
Laßt uns alle Bequemlichkeit bieten,
Von Licht und Kraft zu Tarifsätzen erzeugt
Auf Kosten eines anderen Wohls, das weder Preis
Noch Lösegeld kennt, und die das Leben verarmt
Durch die wahnwitzige Illusion, es zu bereichern.
Sieben Rinderherden aus Wasser, sieben weiße Stiere,
Bestehend aus Billionen weißer Stiere,
Versinken in einer Lagune, und was bleibt
In der Leere, die keinerlei Form annehmen wird,
Von der Natur als Schmerz ohne Gebärde,
Als die verstummte Zensur
Und der Fluch, den die Zeit zeugen wird?
Kommt, fremde Völker, kommt brasilianische
Brüder aller Gesichtszüge,
Kommt, seht und behaltet
Nicht mehr das Kunstwerk der Natur,
Heute eine melancholische Farbpostkarte,
Sondern sein von schillernden Schaum- und Wutperlen
Noch tropfendes Spektrum,
Das zwischen zerstörten Hängebrücken
Umherirrt und geistert,
Und dem nutzlosen Weinen der Dinge,
Ohne die geringste Reue zu erregen,
Die geringste glühende und eingestandene Schuld.
(„Wir übernehmen die Verantwortung!
Wir bauen das mächtige Brasilien!")
Und patati patata patata ...
Sieben Wasserfälle stürzten durch uns,

Aber ach, wir verstanden, verstanden nicht, sie zu lieben,
Und alle sieben wurden getötet,
Und alle sieben verschwinden in der Luft,
Sieben Gespenster, sieben Verbrechen
Der Lebenden, die das Leben zerschlagen,
Das nie wieder auferstehen wird.

* Sklavenjäger   *(Ludwig [1])*

Lance Henson

SPAZIERGANG IM TEUTOBURGER WALD

wind über dem silberminensee
streut lichtmuster über das wasser

wir sitzen still
sehen eine wildente schwimmen zu
einem treibenden ast

später gehen wir in einen wald und berühren blätter
die vom sauren regen zerfressen sind

hier ist kriegsgebiet
wie überall
mutter erdes feuchte und dunkelnde haut

weint für uns alle

für uns alle   *(Henson)*

Gary Lawless

KARIBU-ZYKLUS

I.

Unser letzter, kostbarer Atemzug.
>Lebe wohl, glitzernder Fluß.
>Lebe wohl, aufgehender Mond.
>Lebe wohl, rascher Lauf unseres Lebens.

Ich werde die Sterne vermissen.
Ich werde den Wind vermissen.
>Lebt wohl, meine Freunde.

II.

Du bist der letzte der Wale,
>angetrieben an einem weitentfernten Strand.

Wellen schlagen an deinen Körper,
>deine Brüder und Schwestern haben dich
>verlassen.

Das Licht ist zu grell für deine Augen,
>du kannst nicht mehr atmen.

Kleine Kinder bewerfen dich mit Steinen und lachen,
>klettern auf deinem Körper herum.

Du stirbst allein – mit dem Wind in deinen Ohren.

Du bist der letzte der Büffel.
Die Sonne geht über der weiten Ebene unter.
Dort stehst du – allein – in Ehrfurcht gebietender Größe.
Trägst schwer an deinem Fell – bist einsam.
Du willst nicht mehr laufen, nie mehr fortlaufen.
Alle deine Freunde haben dich verlassen.
Selbst die Erde scheint sich gegen dich zu wenden.

Niemand sagt dir ein Lebewohl.
Du stehst allein, lauschst dem Wind.

III.

Behandele jeden Bären, als sei er der letzte seiner Art.
      Jeden Wolf, jedes Karibu, jede ihrer Spuren
      behandele,
als seien sie die letzten ihrer Art.
      Ihre Fährten sind vergangen wie jedes Zeichen
      ihrer
Existenz; es gibt keine Wildwechsel mehr, keinen Vogel-
flug.
      Behandele jedes Tier wie ein heiliges Wesen.
Jede Minute kann unsere letzte sein.
      Geisterhufe, Geisterschädel, Rasseln des Todes,
           mürbe gewordene Knochen.
Behandele jeden Bären, als sei er der letzte seiner Art.

Trauer – zum Klingen gebracht durch Stimmen,
      die in den Bäumen rauschen, im Namen des
      Windes.
Hier ein Farbtupfer – Ahorn.
      Dort ein Rechteck, gebildet von Steinen,
das die Körper derer einrahmt,
      die bereits ertrunken sind.
Wir sterben im Meer, das ist wahr.
      Brennendes Kraut, ockerfarbene Schatten.
Flammen von brennendem Treibholz und die Hände von
      Frauen,
ineinander verwoben wie Fischreusen.
      Wie weit doch das Wasser die Stimmen trägt.

(Ludwig [1])

Henri Hiro

WAS FÜR EIN FISCHFANG

Wenn der Abend kommt, den wir Raau Muri nennen
Und der Mond das Eierlegen begünstigt
Kommt der rote Lagunenfisch Lihi heraus und sammelt
sich in den Untiefen
Er wird mit Netzen gefischt
Deren Öffnung zu den Korallenriffen zeigt
Ach ja, das ist der Fischfang mit Netzen
Und der Fisch, das ist der rötliche Lihi
Es ist eine Geschichte vergangener Zeiten
Wem kann man sie heute erzählen?
Welche Generation muß das heute noch wissen?
Früher hätte man sicherlich etwas Lihi im Netz gefangen
Heute würde man nur noch Algen auf den Tisch bekommen
Die heutige Generation siecht in ihrer Unwissenheit nur so
dahin
Es ist eine Generation des Bleistiftes
Die nur daran interessiert ist, ihren Namen ins rechte Licht
zu setzen
Aber wenn sie das Meer schlagen müßte, damit der Lihi ins
Netz geht
Würde sie an Epilepsie kaputtgehen
Sie hat sich vom Fischfang abgewandt   *(Hiro)*

Gerald Hobson

DER GANG ZUM WASSER

Heute morgen komme ich wieder zum Wasser.
Es ist lange her.
Zu lange ist es her.
    Ich habe das Bedürfnis zu beten
und komme zum Rande des Wassers,
wo das Licht der Morgendämmerung sich ausbreitet
                        über das Flußufer
wie ein Segen, den Hände gespendet.
                        Das Wasser ist kalt.
Sonnenlicht über der Fläche des Flusses
löst sich auf in Friedlichkeit
und schenkt Glanz
den Strömen meiner Seele.
    Ein Sog von Schmerz,
in Splittern von Träumen verloren,
                  die an Felsen zerbrachen,
trägt mich ruhig
          in den Wirbel.
    Ich wende mich gen Osten
und atme sanft zur Sonne hin.
Ich bete leise:
    ich wende mich südwärts
und spreche zum Wind.
    Ich wende mich nordwärts;
und zuletzt gen Westen.
             Ich bade meinen Körper,
berühre mein Gesicht,
         und die Kühle des Wassers
betet mit mir.

Nur ungern verlasse ich den kalten Fluß,
doch mein Gebet,
wenigstens dieser Teil,
ist fast beendet,

                    und ich gehe zum Ufer,
um roten Tabak zu verbrennen
für der Erde neuen Morgen,
für des Flusses neue Erde.   *(Arens/Braun)*

Mike Bamford

WO SIND DIE LACHSE HIN?

Einst schnellten die Lachse den
Pit River hinauf
aber wo sind sie hin?
Einst waren die Lachse die Hauptnahrung
der Pit River Indianer.
Ich kann euch sagen wo sie hin sind.
Die US-Regierung hielt es für's Beste,
daß die Pit River Leute ohne Lachse leben,
so wurde der Shasta Damm gebaut.
Keine Lachse mehr.
Nun haben wir Pit River Leute nur noch
die drei Lachse auf unserm Hemd.
Da sind die Lachse hin.   *(Bamford)*

Frank T'Selei

DIE DENE NATION IST DER GROSSE FLUSS

Wir sind wie der Fluß, der fließt, sich verändert und doch immer derselbe bleibt. Der Fluß kann nicht zu langsam oder zu schnell fließen. Er ist ein Fluß und wird immer ein Fluß bleiben, denn er ist als Fluß erschaffen. Wir sind wie der Fluß, obgleich wir kein Fluß sind. Wir sind Menschen. Als das wurden wir erschaffen. Wir wurden nicht erschaffen, um vernichtet zu werden, und wir wurden auch nicht erschaffen, um uns Teile der Welt anzueignen. Wir sollten nur wir selbst sein, das, was wir von Natur aus sind.

Unsere Dene Nation ist wie dieser große Fluß. Er floß schon zu einer Zeit, in die unsere Erinnerung nicht mehr zurückreicht. Wir erhalten unsere Kraft und unsere Weisheit und unsere Kultur durch den Weg und die Richtung, die unsere Ahnen uns gezeigt haben, Ahnen, die vor Tausenden von Jahren lebten und die wir nie kannten. Ihre Weisheit fließt durch uns und zu unseren Kindern und Enkeln, zu Generationen, die wir nie kennen werden. Wir werden unser Leben beschließen, wie es jedem bestimmt ist, und wir werden in Frieden sterben, weil wir wissen, daß unser Volk und dieser Strom auch nach uns noch sein werden. Wir wissen, daß unsere Enkel eine Sprache sprechen werden, die sie ererbt haben, die seit Urzeiten besteht. Wir wissen, daß sie ihre Güter mit anderen teilen werden und sie nicht horten oder für sich allein behalten. Wir wissen, daß sie für die Alten sorgen und sie wegen ihrer Weisheit in Ehren halten werden. Wir wissen, daß sie dieses Land behüten werden und es schützen und daß von jetzt ab in fünfhundert Jahren jemand mit meiner Hautfarbe und mit Moccasins an den Füßen auf die Ramparts (bei Good Hope) klettern, über den Fluß schauen und fühlen wird, daß auch er einen Platz im Universum hat; und er wird denselben Geistern danken, denen ich danke, daß seine Vorfahren dies Land behütet haben, und er wird stolz darauf sein, daß er ein Dene ist.

(T'Selei)

L. D. Malcolm

UNSER FLUSS

Er gräbt sich gemächlich seinen Weg,
windet sich durch   unser Land.
Tod und Leben in seiner Macht.

In seinen tiefen, dunkel wogenden Wassern.

Viele Jahre sind vergangen.

Das Land, das er ehemals bedeckte, liegt trocken.
Er fließt doch wieder
und sucht sich ein neues Bett.

Es ist nur ein Fluß,

Aber er fließt durch mein Herz
und wäscht meine verborgenen Geheimnisse weg.

Begebenheiten aus meiner Vergangenheit, Geschichten, die
nie erzählt wurden.
Ich lebe ein Leben aus längst vergangenen Zeiten
wenn ich an seinen Ufern sitze
und die unerklärlichen Wege beschreite,
die er mir weist.

(Akwesasne Notes [8])

Buffy Sainte-Marie

DIE ZIVILISIERTEN LEUTE

Die zivilisierten Leute erfanden das Telephon
und den Füllfederhalter,
aber sie haben vergessen, wie man betet.

Die zivilisierten Leute reden hin und her;
sie schreiben Zeitungsartikel über ihre vagen Vermutun-
gen:
sie haben vergessen, daß sie telepathisch sind.

Die zivilisierten Leute reden sich gegenseitig
endloses Geschwätz in den Hals und wundern sich,
warum sie nicht satt sind.

Die zivilisierten Leute leben von Maisflocken
und menschlichen Werten
und wundern sich, warum der Kriegszustand
in ihren Herzen nie aufhört.

Habt Mitleid mit den zivilisierten Leuten,
die Wein trinken, während sie Wasser haben könnten.

(Mailandt)

135

WIR WOLLEN,
DASS SCHILFSÄNGER UND BLAUSTRUMPF AM FLUSSUFER SPIELEN

Aufruf der Sami gegen den Staudamm am Alta/Kautekeino
(Norwegen)

Wir wollen kein Kraftwerk bei Savtso haben. Wir wollen keinen 120 m hohen Damm haben, der eine der Pulsadern des Samenlandes dichtmacht! Es geht um eine Kultur, die gewaltfrei und anders ist, in einer Welt voller Gewalt und Rüstungswahnsinn! Wir wollen, daß die Lachse silbergrau und elegant im Alta/Kautekeino-Strom springen. Wir wollen, daß der Schilfsänger und Blaustrumpf am Flußufer spielen. Wir wollen, daß die Finnmarkssporen und Bergveilchen wachsen, längs des Stroms und an den Stränden des Virdnejávres. Wir wollen, daß 30 000 Rentiere hier herumziehen, wie sie es immer getan haben. Wir wollen, daß Samen in der Natur des Samenlandes weiterleben. [...] Norwegens Wasser- und Elektrizitätswesen (NVE) hat u. a. eine Broschüre über den Alta-Ausbau herausgegeben. Auf Anfrage, ob NVE diese auch in samisch gedruckt hat, war die Antwort, daß NVE dazu keine Kapazität hatte. Doch NVE hat die Kapazität, große Gebiete und Flüsse im Samenland zu zerstören.

NVE und Bürokraten besorgen die Geschäfte der Politiker. Der Leiter des Alta/Kautekeino-Projektes hat die Samen beschuldigt, Schmarotzer des norwegischen Staates zu sein. Nun hören wir, daß ökonomische Kalkulatoren bei NVE herausgefunden haben, daß dieser Ausbau wirtschaftlich unrentabel ist. Doch das wird verschwiegen! Ist das ein Teil kultureller Unterdrückung der Lokalbevölkerung im abgelegenen Teil Norwegens, oder nicht? NVE ist der

Machtapparat des Industriestaates. Die vierte Welt – die Urbevölkerungen – erleben jetzt den desperaten Rohstoffmangel der Industriestaaten, z. B. für ihren Rüstungswettlauf. [...]

Die Frage der Regulierung des Alta/Kautekeino-Stroms und die damit verbundenen Fragen und ihre Konsequenzen haben ein weiteres Mal die unsichere Situation des samischen Volkes bloßgestellt. Der samische Volkswille und die samischen Organisationen sind vor vollendete Tatsachen gestellt worden, ohne ausreichende Möglichkeiten bekommen zu haben, den Ablauf der Sache in eine für sie positive Richtung mitzubestimmen.

... Eine Voraussetzung für diese Entwicklung ist, daß den Samen vollständig das Eigentums- und Dispositionsrecht über Land und Wasser zuerkannt wird, und zwar in allen Gebieten, die seit Urzeiten als samisch gelten.

Der Nordische Samenrat bittet das norwegische Storting, den Ausbau des Alta-Stroms zu stoppen. Wenn die normalen konstitutionellen, parlamentarischen Institutionen nicht wirklich die Rechte der Samen in Verbindung mit der Alta/Kautekeino-Regulierung beschützen können, dann werden wir den Justiziar beim Höchsten Gericht von Norwegen bitten, in dieser Sache zu intervenieren.

Eine solche Intervention darf nicht dazu führen, daß sie als Argument für andere Stromregulierungen benutzt wird, wo samisches Erwerbsleben gestört und samische Rechte mißachtet werden, in noch größerem Ausmaße, als eine eventuelle Regulierung des Alta-Stroms. [...]

Das samische Volk befindet sich heute in einer unmündigen Situation. Die Herrenvolksmentalität wird bis zu dem Tag andauern, an dem wir Samen den Status als eigenes Volk anerkannt bekommen, der uns die Möglichkeit geben wird, als Samen im Samenland zu leben. Wir wollen

Herren in unserem eigenen Haus sein. Wir wollen einen bestimmten Einfluß auf die Entwicklung haben und wünschen nicht, dadurch entmündigt zu werden, daß andere am Ruder sitzen und einem Entwicklungsverlauf entwerfen, der allen unseren Wünschen genau zuwiderläuft und stark mit unserem Lebensstil disharmoniert. *(Aufruf der Sami)*

Pedar Jalvi

SCHNEEFLOCKE

Durch die Lüfte schweben sanft
feine Schneeflocken nieder auf die Mark,
nieder auf Felsen und Birkengebüsch,
weiß in weiß bedecken sie die Erde.

Wenn auch die einzelne klein ist,
so sind zusammen Millionen sie,
bedecken Gruben, Täler, Bäume,
bilden Verwehungen im Gebüsch,
bauen hinter Felsen große Schneewehen.
Aber die Frühlingssonnenwärme schmilzt
die kleinen Schneeflocken
zu klaren, reinen Tropfen.
Und die Tropfen sammeln wieder sich
zu Quellen, Flüssen, Seen, dem Meer,
– groß ist da der Kleinen Kraft.   *(Ludwig [1])*

WIE DIE DIAMANTEN IN DEN FLUSS KAMEN

Ein Märchen der Tupi-Indianer aus dem Amazonas Urwald

Ein junger Häuptling war so stark, daß ihm seine Krieger den Beinamen Itajyba gaben: Steinerner Arm. Doch trotz seiner Unbeugsamkeit als Kriegsführer war er zärtlich verliebt in das sanfteste Mädchen des Stammes, das den Namen Potyra trug für Blume. Die beiden sah man immer zusammen. Sie gingen Hand in Hand zum Beeren suchen in den Wald oder zum Baden an den Fluß.

Eines Tages wurde Itajybas Dorf von einem feindlichen Stamm angegriffen. Der Häuptling führte seine Krieger über den Fluß, der die Grenze des Gebietes bildete, und in den Kampf gegen die Eindringlinge. Nach einiger Zeit kamen die Krieger siegreich zurück. Nur Itajyba war gefallen. Potyra hatte mit großer Sehnsucht auf den Geliebten gewartet und war untröstlich. Sie ging jeden Tag ans Flußufer, von wo sie Itajyba das letzte Mal gesehen hatte, und weinte über seinen Verlust.

Der gute Gott Tupã war über ihren Kummer so gerührt, daß er beschloß, Potyras unwandelbare Liebe zu Itajyba zu verewigen. Er verwandelte jede ihrer Tränen in einen Diamanten. Sie fielen in den Fluß und wurden von ihm nach langer Zeit zum Grab des Häuptlings getragen. Itajyba empfing die kostbaren Steine als Zeichen und Botschaft einer unsterblichen Liebe.

(Märchen und Mythen der brasilianischen Indianer)

ELEMENT ERDE –
DIE QUELLE DES REICHTUMS

Die Erde als Basis allen menschlichen Lebens hat innerhalb der Elemente am meisten mit dem Materiellen zu tun. Im astrologischen Tierkreis geht es bei den beiden ersten Erdelementen Stier und Jungfrau darum, sich eine materielle Grundlage zu schaffen, sie abzusichern und sich seine Gesundheit zu bewahren. Ähnlich sieht es das Tarot: Es stellt die Erdelemente in Form von Scheiben (oder Münzen) dar. Materieller Reichtum ist im Erdelement also keinesfalls verpönt, sofern er nicht zum Selbstzweck verkommt. Richtig angewendet bildet er vielmehr die Voraussetzung für den spirituellen Weg, der nämlich keine Flucht vor den weltlichen oder materiellen Problemen sein darf. Im Tierkreis liefert der Steinbock, das letzte Erdzeichen, die Klarheit und die Struktur für den spirituellen Weg.

Derartige Gedanken finden sich zum Beispiel auch in der altägyptischen Hochkultur. Damals wurden nur solche Menschen zur Einweihung in die Mysterien zugelassen, die in der Lage waren, ihr Leben zu meistern. Das heißt, sie mußten materiell unabhängig und psychisch gereift sein sowie möglichst eine Familie gegründet haben.

Für die spirituelle Dimension des Erdelements ist die Natur unverzichtbar. Sie ist dann nicht nur Stätte für körperliche Erholung und geistige Schwärmerei, sondern für spirituelle Erfahrungen. Nahezu alle Kulturen kennen sogenannte Kraftplätze, an denen sich die Erdenergien besonders konzentrieren und offenbaren. Bei Völkern mit engem Kontakt zur Natur gehörte es zum Werdegang der Heranwachsenden, längere Zeiträume an solchen Plätzen zu verbringen und dort Visionen zu empfangen. Heute sind solche Plätze rar geworden, denn aus dem durchaus sinnvollen Streben nach materieller Unabhängigkeit ist eine unersättliche Gier nach Konsum geworden, die längst dabei ist, ihre eigene Basis, die Erde, zu vernichten.

Die Erde mit all ihren Erscheinungsformen wie Bäumen, Wald, Gras, Felsen oder die mannigfaltigen Tiere, nimmt in den Geschichten und Gedichten der indigenen Völker natürlich einen besonderen Raum ein. Auch manche Schöpfungsmythen spielen im Erdelement, denn nicht nur die jüdisch-christliche Mythologie glaubt, daß der Mensch aus der Erde geschaffen wurde.

Viele Texte besingen den Reichtum der Mutter Erde, der so wenig mit dem zu tun hat, was die Menschen der Industrienationen darunter verstehen. Verletzungen, die der Erde angetan werden, sind zwangsläufig zu einem wichtigen Thema in der Literatur der Ureinwohner geworden. Die Kritik daran entspringt nicht so sehr rationalen ökologischen Überlegungen, sondern unmittelbarer, leidvoller Erfahrung. Manche Texte reißen jede Distanz zwischen dem Autor und der mißhandelten Erde nieder. Gleichzeitig sehen sich die indigenen Völker als Hüter der Erde, und deshalb resignieren sie nicht. Sie wollen mit ihren Botschaften wachrütteln, bevor es zu spät ist.

DIE GEFÄHRTEN DES SCHÖPFERS

Eine Schöpfungsgeschichte der Pygmäen

Am Anfang gab es nur Kmvum, den Schöpfer und sonst niemanden. So war er immer allein, im Wald, beim Essen und beim Rauchen. Es gab auch niemanden, der ihm Geschichten erzählen konnte. Mit der Zeit wurde Kmvum der Einsamkeit überdrüssig; er langweilte sich immer mehr und beschloß schließlich, sich Gefährten zu schaffen, die Menschen.

Kmvum nahm verschiedene Erdsorten und machte sich an die Arbeit. Mit der schwarzen Erde schuf er schwarze Menschen, mit der hellen schuf er die Weißen, und schließlich nahm er noch die fruchtbare rot-braune und schuf damit die Pygmäen. Von der rot-braunen Erde gab es jedoch nicht so viel wie von der schwarzen und hellen, und deshalb blieben die Pygmäen kleiner in Gestalt und Zahl.

Die weißen Menschen machten sich gleich in fremde Länder auf und gründeten dort große Reiche. Die Schwarzen jedoch blieben in der Gegend und versuchten, die Pygmäen zu beherrschen.

Solange Kmvum in der Nähe war, konnten sie ihnen nichts anhaben – im Gegenteil, gemeinsam mit ihrem Schöpfer lebten die Pygmäen in Sicherheit und Überfluß. Kmvum zeigte ihnen, was sie essen und wovon sie sich fernhalten sollten. Auch mit Pflanzen, die heilen oder in einen Rausch versetzen, machte er sie vertraut. Die Frauen waren für die Küche verantwortlich. Sie verstanden es bald, erlesene Speisen und Getränke zu bereiten, an denen sich auch Kmvum erfreute. Wenn die Menschen und ihr Schöpfer gegessen hatten, setzten sie sich zusammen, rauchten Tabak aus ihren Pfeifen und erzählten sich Geschichten. Wer die besten Geschichten erzählen konnte, genoß das größte Ansehen. Es gab nichts, worum sich die Pygmäen sorgen mußten.

Irgendwann jedoch verließ Kmvum seine Geschöpfe und begab sich in ein anderes Land. Seitdem ist es mit dem Wohlstand und der Unabhängigkeit der Pygmäen vorbei. Die schwarzen Menschen drängten sie immer weiter in den Wald zurück, und nur dort, wo sie sich nicht mehr hintrauten, können die Pygmäen noch in Ruhe leben.

(Traditionelle Überlieferung, vom Herausgeber nacherzählt)

DIE ERSCHAFFUNG DER ERDE IN DER TRAUMZEIT

Eine Aborigines-Mythe aus Zentralaustralien

Bevor es die Erde mit all ihren Lebewesen gab wie wir sie heute kennen, herrschte die Traumzeit. Das Universum war in drei Sphären aufgeteilt, den Himmel, die Erdoberfläche und das Erdinnere.

Der Himmel war geprägt von unvergänglichem Grün, von Bäumen, Sträuchern, Pflanzen und Vögeln. Die Himmelswesen waren ewig jung und unsterblich. Einen Schöpfer kannten sie nicht, denn sie lebten ganz aus sich selbst heraus. Wenn sie sich laben wollten, gingen sie zur Milchstraße, die durch den Himmel floß und von ihren Lagerfeuern begrenzt wurde, den Sternen. Alles, was auf der Erde geschah, interessierte die Himmelswesen nicht.

Die Erde dagegen war eine weite, trockene und öde Ebene in undurchdringlicher Dunkelheit. Pflanzen und Tiere konnten hier nicht gedeihen, doch gab es an manchen Plätzen erste Zeichen von menschlichem Leben. Wesen in der Größe von Kindern lagen zu Dutzenden hilflos herum. Ihre Glieder waren miteinander verwachsen, ihre Sinnesorgane geschlossen. Sie vegetierten in einem zeitlos unvergänglichem Zustand, in dem sie nicht altern oder sich zu Individuen entwickeln konnten.

Im Erdinnern existierten alle Möglichkeiten für ein volles Leben. Dort waren die Sonne, der Mond sowie übernatürliche ewige Wesen, die sich allerdings in einem tiefen Schlaf befanden. Irgendwann am Ende der Traumzeit erwachten die Wesen im Erdinnern aus ihrem Schlaf. Sie durchbrachen die Erdkruste, und dort, wo sie an die Oberfläche traten, entstanden die ersten Kraftplätze. Indem die

Wesen die Oberfläche immer aufs neue durchbrachen, schufen sie Platz für die Sonne und den Mond, die ihnen an die Oberfläche folgten. Zum erstenmal kamen damit Licht und Wärme auf die Erde, die sich allmählich ausbreiteten.

Die übernatürlichen Wesen nahmen mit der Sonne und Wärme von der Erde Besitz. Sie verwandelten sich in verschiedene Gestalten. Einige sahen aus wie Känguruhs, andere wie Dingos, Schnabeltiere oder Strauße und wieder andere nahmen Menschengestalt an – je nachdem von welchen Ahnen sie abstammten. Die Wesen teilten sich auf in männliche und weibliche, und es gab keinerlei Unterschiede, weder zwischen Mann und Frau, noch zwischen Mensch und Tier. Die tierischen Wesen dachten und handelten wie die Menschen, während sich die Menschen jederzeit in Tiere verwandeln konnten. Frauen waren ebenso stark und einflußreich wie Männer. Rangordnungen waren völlig unbekannt.

Nur die Pflanzen konnten sich weder bewegen noch sprechen. Wenn die mit ihnen verbundenen Ahnen mit den Menschen und Tieren in Kontakt treten wollten, mußten sie Menschengestalt annehmen. So gehörte alles zusammen und war miteinander verbunden.

Auf ihren Wanderungen schufen die übernatürlichen Wesen schließlich das Gesicht der Erde; Berge und Täler, Quellen und Flüsse, Sümpfe und Sandhügel. Die Wege, die sie dabei zurücklegten, sind die Kraftpfade, die heute noch von den natürlichen Menschen wahrgenommen werden können. Von den Wissenden werden sie die „Spuren des Lebens" genannt.

Irgendwann trafen die übernatürlichen Wesen auch auf die Stellen, an denen die unfertigen Menschenkinder lagen. Bei ihrem Anblick wurden sie von Mitleid gerührt, und sie beschlossen, die Menschen zu erlösen. Sie trennten sie voneinander und öffneten ihnen die Sinnesorgane, so daß sie wahrnehmen und sich entwickeln konnten. Dann lehrten sie sie, im Einklang mit den Ahnen auf der Erde zu leben und Zeremonien, Gesänge sowie Magie zu beherrschen. Als sichtbare Verbindung zu den Ahnen gaben sie jeder Gruppe ein bestimmtes Totemtier, das mehr noch als alle anderen geehrt und bewahrt werden mußte.

Als alles fertiggestellt war, hatte sich die Erde von ihrem Inneren, der Heimat der Ahnen, endgültig getrennt. Es gab keinen Austausch mehr, und aus den übernatürlichen Wesen, den Wegbereitern des irdischen Lebens, wurden gewöhnliche Sterbliche.

Sie mußten sich den Gesetzen der Zeit unterordnen, alterten und starben schließlich. Damit kehrten sie in die Welt der Ahnen zurück.

(Traditionelle Überlieferung, vom Herausgeber nacherzählt)

Ken Colbung

KLAGELIED DER ABORIGINES

Zweihundert Jahre Traumzeit sind verstrichen.
Man hat dieses Land, unser Heimatland, verwüstet.
Wo alles offen war, stehen heute Grenzzäune.
Heilige Kultgegenstände schmücken jetzt die Räume
der Weißen.
Die Schlaghölzer aus Carroboree und das Didgeridoo,
die Trommeln und das Kalamazoo ersetzt heute der Dudel-
sack.
Die Samen von Kunapipi und Bujamala sind zu Staub
verfallen.
Missionare und Gesetzesprediger haben einen anderen
Glauben gelehrt.
Die großen schwarzen Krieger von damals würden ihren
Augen nicht trauen,
könnten sie das Land sehen, wo einst Känguruhs grasten,
denn die Traktoren der Farmer haben ihren Tribut
gefordert,
hinterließen trostlose, plattgewalzte Einöden, wo früher
heilige Hügel standen.
Entweder Bewahrung des Alten oder nationaler Untergang.
Entweder die Aborigines oder ein vergessenes Volk.

(Ludwig [1])

Carroboree: ein Gruppentanz, der bei Sonnenuntergang beginnt und
bis Sonnenaufgang dauert
Didgeridoo/Kalamazoo: traditionelle Musikinstrumente
Kunapipi/Bujamala: australische Pflanzen.

WIE MAVUTSINIM DIE INDIANER AN FÜNF GABEN PRÜFTE

Eine Mythe der Kamaiurá-Indianer
aus dem Amazonas Urwald

Bevor Mavutsinim die Menschen erschuf, fertigte er zunächst fünf Dinge, mit denen er den Charakter seiner Geschöpfe erproben wollte: den weißen Bogen, den schwarzen Bogen, die Langholzkeule, den Lehmtopf und eine Flinte aus Eisen. Dann nahm der große Geist vier Holzstücke zur Hand und formte sie zu Männern mit den Namen Kamaiurá, Kuikuru, Waurá und Txukaramãe.

Mavutsinim breitete die Gaben auf einer Lichtung im Wald aus und wartete. Nach und nach erschienen die Indianer, und der Schöpfer bot jedem zuerst das Gewehr an. Doch der Kamaiurá, der als erster gekommen war, wollte lieber den schwarzen Bogen und verschwand damit. Der nächste, der Kuikuru, war mit dem weißen Bogen hochzufrieden. Der Txukaramãe verschmähte ebenfalls das Gewehr und ging lieber mit der Keule davon. Selbst der letzte, der Waurá, zog der eisernen Feuerwaffe den Lehmtopf vor.

So blieb die Flinte liegen. Sie wurde zur Beute des ungebetenen weißen Mannes, der aus einem Stein entstanden war.

Mavutsinim beobachtete von Ferne, wie die Stämme mit seinen Gaben umgingen. Die Kamaiurá und Kuikuru jagten das Wild des Waldes bis auf den heutigen Tag, und die Waurá töpferten als einzige der Indianer und versorgten die anderen Stämme mit nützlichen Gefäßen im Tausch gegen Pfeil und Bogen. Die Txukaramãe indes erwiesen sich als besonders tapfer und kriegerisch. Diese sandte, als die Menschen immer mehr auf Erden wurden, Mavutsinim weit fort, damit es keinen Krieg gäbe. Was aber sollte mit dem weißen Mann geschehen?

Der große Geist erkannte schnell, daß die Besitzer seiner fünften Gabe, der Feuerwaffe, nicht nur sehr gefährlich waren, sondern auch viele Krankheiten hatten. So verbannte er die weißen Männer in die großen Städte, dorthin, wo es weit und breit keine Indianersiedlungen gab. Denn Mavutsinim wußte, daß seine aus Holz gemachten Indianer so leicht verschwinden würden wie die Bäume des Waldes, wenn ihnen die weißen Männer mit den steinernen Herzen zu nahe kämen, denn der Stein würde bleiben bis zum letzten Tag. *(Märchen und Mythen der brasilianischen Indianer)*

WIE DIE PFLANZE MANDIOCA IN DIE ERDE KAM

Eine Mythe der Tupi-Indianer aus dem Amazonas Urwald

Die Tochter des Häuptlings erhoffte sich, wie jedes junge Mädchen, einmal glücklich verheiratet zu sein. Aber keiner der jungen Männer in ihrem Stamm vermochte in ihrem Herzen die Liebe zu entzünden. In heißen Nächten, wenn sich alle schon in ihren Häusern zum Schlafen anschickten, legte sich die Häuptlingstochter im Freien in eine Hängematte. Sie schaute stundenlang in den Mond und träumte von einem Glück als Frau und Mutter.

Eines Nachts schlief sie darüber ein und hatte einen seltsamen Traum. Ein schöner junger Mann mit blondem Haar erschien ihr und legte sich zu ihr in die Schlafmatte. Er lebe auf dem Mond, verriet er ihr, und er liebe sie sehr. Der Traum wiederholte sich einige Nächte lang, aber die Tochter des Häuptlings sagte davon niemandem ein Wort. Als der geheimnisvolle Jüngling vollends von ihrem Herzen Besitz ergriffen hatte, verschwand er für immer aus ihren Träumen. Das Mädchen wurde darüber tieftraurig.

Nach einiger Zeit bemerkte es, daß es – obwohl noch Jungfrau – schwanger war. Sie vertraute sich verzweifelt ihren Eltern an, doch ihr strenger Vater glaubte ihr die Geschichte nicht und verstieß sie. Bald darauf gebar die Häuptlingstochter ein hübsches Mädchen mit hellblondem Haar, das an die Farbe des Mondes erinnerte. Das Kind wurde auf den Namen Mandi getauft, und der ganze Stamm verehrte das Neugeborene wie eine Gottheit.

Doch Mandi wurde nach kurzer Zeit krank und starb. Alle im Stamm trauerten, nur der Häuptling nicht, denn er hatte seiner Tochter nie verziehen. Diese begrub den kleinen Leichnam in ihrer Hütte, in der Oca, denn sie wollte immer in der Nähe Mandis sein. Alle Nachbarn kamen zum Begräbnis und bedeckten Mandis Körper mit Blumen. Und die Mutter kniete täglich über dem Grab und weinte, während die Milch aus ihren Brüsten floß, als wollte sie das Kind noch im Tode stillen.

Nach einiger Zeit wuchs eine Pflanze aus dem Grab, unablässig begossen von den Tränen der Mutter, die glaubte, daß der Zweig dem Kind Gesellschaft leistete.

Die Pflanze gedieh zu einem Busch, und die Erde über den Wurzeln zeigte Risse. Will meine kleine Mandi aus dem Grab steigen? dachte die Mutter und begann mit ihren Händen das Erdreich beiseite zu schaufeln. Zu Tage kamen knollige Wurzeln, die stark dufteten und deren weißes Fruchtfleisch an Mandis Hautfarbe erinnerte.

Zur selben Zeit hatte der hartherzige Häuptling einen merkwürdigen Traum. Der blonde Jüngling, von dem ihm seine Tochter einst erzählt hatte, erschien im Schimmer des Mondes und verkündete dem Häuptling, daß Mandi sich in eine Frucht verwandelt habe, die künftig das Brot der Indianer sein sollte. Und er verriet auch, wie man die Knolle zubereitet und anpflanzt. Die Indianer würden nie mehr Hunger leiden, wenn der Häuptling endlich seiner Tochter verziehe.

Am folgenden Tag rief der Häuptling seinen Stamm zusammen, erzählte ihm von der frohen Botschaft und umarmte vor aller Augen seine Tochter. Die künftige Brotpflanze der Indianer erhielt den Namen Mandioca: nach Mandi und dem Ort, wo sie begraben lag – Oca.

(Märchen und Mythen der brasilianischen Indianer)

DER JÄGER UND DIE FÜCHSIN

Ein Märchen der Inuit (Eskimos) aus Alaska

Ein Mann, der sein ganzes Leben lang einsam und allein gelebt hatte, kehrte nach langer Zeit von der Jagd heim. Als er in seine Hütte trat, schien ihm diese sehr verändert. Erst nach einer Weile kam er darauf, daß darin eine vorbildliche Ordnung herrschte, alles war aufgeräumt und sauber.

‚Das geht nicht mit rechten Dingen zu‘, sagte sich der Mann. ‚Es muß jemand hier gewesen sein!‘

Als er wieder auf Jagd ging, ließ er absichtlich alles in Unordnung zurück. Und als er zurückkam, sah er sogleich, daß auch diesmal fleißige Hände am Werk gewesen waren. Dem Mann gefiel das: Jedesmal, wenn er von der Jagd heimkehrte, fand er seine Hütte sauber und ordentlich vor. Und auf dem Tisch stand das Essen. Schließlich ließ ihm die Neugier keine Ruhe mehr, und er nahm sich vor, dahinterzukommen, wer so vorbildlich für ihn sorgte.

Eines Tages ging er aus dem Haus, so, als wolle er auf die Jagd gehen, versteckte sich aber in der Nähe, um zu beobachten, was sich tun würde. Bald darauf kam ein Fuchs gelaufen und schlüpfte in die Hütte. Und als der Jäger durchs Fenster schaute, da sah er, wie der Fuchs drinnen seinen Pelz abwarf, ihn an einen Nagel hängte und sich in eine hübsche junge Frau verwandelte.

Da trat der Mann in die Hütte und fragte die Frau, ob sie die Person sein, die schon so lange seinen Haushalt in Ordnung halte.

„Ja, das war ich, und ich hoffe, du bist zufrieden mit mir.“

„Gewiß, und noch zufriedener wäre ich, wenn du für immer bei mir bliebst und meine Frau würdest", antwortete der Jäger.

Die Füchsin war gern einverstanden. Nur eine einzige Bedingung stellte sie, und zwar, daß ihr Mann nie Füchse schießen dürfe. „Es sind meine Geschwister, und wenn du auch nur einen von ihnen tötest, so wirst du mich nie wiedersehen!"

„Gern erfülle ich deine Bedingung", erklärte der Mann, „denn du bist mir viel mehr wert als alle Fuchspelze auf der Welt."

Zur Verwunderung der übrigen Jäger schoß der Mann wirklich von Stund an keinen Fuchs mehr. Und er brauchte es nicht zu bereuen, denn er hatte dafür eine Frau gewonnen, die nicht nur hübsch, sondern auch gut und fleißig war.

Die Zeit verging, die Jahre flossen dahin.

Und einmal, als der Jäger von erfolgreicher Jagd heimkehren wollte, da lief ihm ein Silberfuchs über den Weg. Es war ein so prächtiges Tier, daß der Mann augenblicklich alle Schwüre vergessen hatte. Das Jagdfieber hatte ihn gepackt, und er legte an. Der Fuchs fiel tot in den Schnee. In dem Augenblick war dem Jäger, als höre er einen leisen Schrei. Er erschrak, ließ den Fuchs liegen und eilte, nichts Gutes ahnend, nach Hause.

Er fand die Hütte leer. Das Fell seiner Frau hing nicht mehr an der Stelle, wo es all die Jahre über gehangen hatte. Vergebens suchte er nach ihr. Er sah seine Frau nie wieder.

(Eskimo Märchen)

Kevin Gilbert

ERDE

Aus der Erde komme ich;
der Brust, die alles Neugeborene auf Erden nährt;
mit Erde fliege ich wieder zur Erde;
in jedem Gedanken, den ich dachte, in jedem Lied, das ich
sang
war die Erde, und die Erde in ihrer Freigebigkeit
ließ mich und die Meinen nach ihrem weisen Ratschluß
wachsen.
Ich bin die Erde; und als das erste Schiff kam
bespuckten und verfluchten sie die Erde, als wäre sie
stinkender Dreck.

Das erbärmlichste Wesen der Erde aber war ich
besaß weder die Würde noch den Geist ihrer überlegenen
Rasse.
Die Gelehrten kamen und behaupteten, Götter hätte ich
keine
nur Totems und einen dumpfen Animismus;
da fand sich kein hoher Gott irgendwo am Himmel
keine höhere Metaphysik in meinem unterentwickelten
Schädel.
Ich bin Erde: Missionare betrachteten abweisend
meine unverhüllte Natur, meine Erdenlanze
schien ihnen unrein; ein Gifthauch für Gott
solch unanständige Dinge muß man vor seinem Antlitz
verbergen.
Aus der Erde komme ich; wohlmeinende Anthropologen
wollten das Tier von Grund auf erklären, und laut ihrer
Aussage

fanden sie nicht den leisesten Schimmer von Intelligenz.
Sie maßen Hohlraum, um ihre eigene Leere zu füllen.
Ich bin Erde: mein Gott, der erhabene Gott, den ich besaß
Ba'aime, ohne die höhergestellten und
trennenden Klassen zu kennen, welche uns voneinander
unterschieden und die Geistwesen, welche seinem Willen
gehorchten.
Aus der Erde komme ich; der große Gott hielt sich nie
für zu erhaben, um bei mir sein zu können
mit mir zusammen; wenn er atmete, atmete auch ich
wir beide zusammen; auf der Jagd, er und ich
wir beide zusammen; wir gingen über die Erde
und manchmal in den Wolken.
Die Gelehrten kamen und sagten, Götter hätte ich keine
weder einen organisierten Staat noch ein Botschaftsge-
bäude.
Die gelehrte Ignoranz ebnete den Weg
für die Bahnbrecher, welche Gott in mir töteten. *(Ludwig [1])*

Thomas Banyacya

AUFTRAG AN DIE HOPI

Durch unsere Prophezeiungen und unsere Spiritualität wissen wir, daß Gier, Umweltverschmutzung und mangelndes Verständnis für die Natur dabei sind, Mutter Erde zu zerstören. Die Hopi und alle indigenen Geschwister haben fortwährend in ihrer Existenz dafür gekämpft, die Harmonie mit der Erde und dem Universum aufrechtzuerhalten. Den Hopi ist die Erde heilig. Wenn sie mißbraucht wird, wird die Heiligkeit des Lebens der Hopi verschwinden und alles andere Leben ebenso.

Wahr ist ebenfalls, daß Du verwandt bist mit dieser Erde, die deine Mutter ist. Die Mutter Erde war die erste Lehrerin, und sie steht immer noch als solche zur Verfügung. Die Menschen können sich der Erde zuwenden. Erde erklärt. Sie brauchen niemanden, der ihnen das Wesen der Sonne, des Mondes oder des Wassers erklärt. Sie können sich direkt an diese Elemente wenden, denn alles ist mit allem verwandt. Und so wendest du dich deinen Verwandten zu, deinen Ältesten.

Die Erde gab es lange bevor irgendein menschliches Wesen seinen Fuß darauf gesetzt hat. Irgendwo war der Anfang der menschlichen Rasse, und wir kamen in dieses Land, nachdem wir die Erlaubnis des Schöpfers dazu erbeten hatten. Dann ließen wir uns mit ihm in diesem Land nieder. Er zeigte uns den Kontinent. Er gab uns heilige Steintafeln, religiöse Gebote, Warnung und Prophezeiungen. Er kennzeichnete die Grenzen für jede Gruppe auf dem Kontinent, und er schenkte jeder Gruppe einen Lebensplan mit einem für sie bestimmten geistigen und religiösen Glauben sowie die besondere Art des Gottesdienstes, des Lebens, der Nahrung, der Sprachen und was uns sonst noch unterscheidet. Nachdem er jeder Gruppe ihre eigene Lebensweise gegeben hatte, erteilt er seine letzten Anweisungen: lebt und verliert nie den Glauben, wendet euch nie von eurer Art zu leben ab. *(Rundbrief Indianer Heute [2])*

DIE MENSCHEN ZEIGEN KEINE LIEBE FÜR DAS LEBEN

Botschaft der Haudenosaunee (Irokesen) an die Welt, Mai 1979

Brüder und Schwestern: Unsere Mutter, die Erde, wird alt. Die Zeiten sind vorbei, in denen sich die unermeßlichen Wildherden, mit denen wir dieses Land teilten, an ihrer Brust nähren konnten. Der größte Teil des riesigen Waldes, der einst unsere Heimat war, ist unwiederbringlich verschwunden. Die Wälder wurden vor hundert Jahren erbarmungslos abgeholzt, um die Fabriken der industriellen Revolution mit Holzkohle zu versorgen; der größte Teil des Wildes wurde von den Farmern und Jägern vernichtet, und die ehemals so vielfältige Vogelwelt wurde von Jägern ebenso wie von Pestiziden, den Symbolen für dieses Jahrhundert, erbarmungslos dezimiert. In den Flüssen tummeln sich schon längst nicht mehr die Fische, sondern die Abfälle der großen Ballungszentren, die heute das Bild unseres Landes prägen. So müssen wir feststellen, daß die „Politik der verbrannten Erde" fortdauert.

Brüder und Schwestern: Wir sind zutiefst beunruhigt über den Zustand unseres Landes. Die Abgase der Industriezentren im Mittleren Westen und im Bereich der Großen

159

Seen steigen in einer tödlichen Giftwolke nach oben, um in Form von Saurem Regen zur Erde zurückzukehren – und der Fischbestand kann sich in dem säurehaltigen Wasser nicht mehr erneuern. Sie sterben aus, und auch um die Seen herum ist es still geworden.

Die Menschen, die das Land bebauen, in dem wir seit Tausenden von Jahren wohnen, zeigen keine Liebe für das Leben in unserer Heimat. Jahr für Jahr bauen sie dieselben Früchte auf demselben Boden an. Um die Insekten zu vernichten, die über die Felder herfallen, weil der Boden einseitig genutzt wird und sich nicht erholen kann, müssen sie Pestizide einsetzen. Damit vernichten sie die Vogelwelt und das Grundwasser. *(Akwesasne Notes [9])*

SEIN ODER ANEIGNEN?

Aufruf indianischer Völker aus allen Teilen Amerikas an die zweite NGO-Konferenz über indigene Völker und ihr Land in Genf vom 15.–18. September 1981 (Auszüge aus der Präambel des Aufrufs)

‚Sein' ist eine spirituelle Ebene; ‚aneignen' ist ein materieller Akt; traditionsgemäß haben Indianer immer versucht, die besten Menschen zu *sein*, die sie sein konnten, Teil dieses spirituellen Prozesses war und ist noch immer, Reichtum wegzugeben, aufzugeben, um nicht Gewinne anzuhäufen. Materieller Gewinn ist unter traditionellen Leuten ein Anzeichen für einen falschen Status, für Europäer ist es der „Beweis, daß das System funktioniert."

Was die Entspiritualisierung des Universums anbelangt, so geht die geistige Entwicklung dahin, die Zerstörung des Planeten als tugendhaft anzusehen. Begriffe wie ‚Fortschritt' und ‚Entwicklung' werden als Verschleierung benutzt, ebenso wie die Begriffe ‚Sieg' und ‚Freiheit' dazu dienen, die Zerstörung im Prozeß der Entmenschlichung zu rechtfertigen. Für einen Landspekulanten zum Beispiel kann ‚Entwicklung' bedeuten, auf Land eine Kiesgrube zu eröffnen. Tatsächlich aber bedeutet sie die völlige Zerstörung durch die Beseitigung der Erde. Die europäische Logik aber hat einige Tonnen Kies dazugewonnen, mit denen mehr Land durch den Straßenbau ‚entwickelt' werden kann. Aus europäischer Sicht steht letztlich das ganze Universum für diese Art Geisteskrankheit offen.

Wichtiger ist, daß Europäer bei all dem keinen Verlust empfinden. Ihre Philosophen haben die Wirklichkeit so sehr entspiritualisiert, daß sie keine Befriedigung mehr empfinden können, wenn sie das Wunder eines Berges, eines Sees oder eines Menschen der *ist* beobachten. Befriedigung wird an dem Maßstab der Anhäufung materieller Güter gemessen – so wird der Berg zur Kiesgrube, der See zu Kühlwasser für Fabriken und die Menschen werden für die Indoktrinationsmühlen, die die Europäer Schule nennen, zusammengetrieben. Dies alles ist sehr ‚rational' und geschieht zum Guten, und so stellt sich kein Gefühl des Verlustes ein. Es ist sehr schwer, oder unmöglich, jemanden davon zu überzeugen, daß mit dem Prozeß des Anhäufens etwas falsch ist, wenn ihm die spirituelle Weisheit fehlt, Verlust zu empfinden für das, was im Laufe der Zeit zerstört wird.

Es gibt eine Faustregel, die man hier anwenden kann. Die wirkliche Natur einer europäischen revolutionären Idee kann nicht auf der Basis der Veränderungen, die sie innerhalb des europäischen Machtgefüges und der europäischen Gesellschaft zu vollziehen vorgibt, beurteilt werden, sondern nur durch die Auswirkung, die sie auf nichteuropäische Völker hat. Denn bisher hat jede europäische Revolution nur dazu geführt, Europas Neigung, andere Völker, Kulturen und selbst die Umwelt zu zerstören, fortzuführen. Wir bitten um ein Beispiel, wo dies nicht zutrifft.

An diesem Punkt gibt es ein Verständigungsproblem. Christen, Kapitalisten, Marxisten – aus ihrer Sicht waren sie alle revolutionär. Keiner von ihnen hat jedoch wirklich die Revolution gemeint. Was sie tatsächlich beabsichtigten, war ein Weiterbestehen. Sie taten, was sie taten, damit die europäische Kultur weiterbestehen und sich nach ihren Bedürfnissen entwickeln konnte. Wie ein Bazillus durchschreitet die europäische Kultur gelegentliche Erschütterungen, sogar Spaltungen, um dann weiter zu existieren und zu wachsen. Aus unserer Sicht ist das keine Revolution, sondern ein Fortbestand dessen, was es schon immer gab.

Aber es gibt einen anderen Weg, die traditionelle indianische Lebensweise. Wer diesen Weg geht, der weiß, daß Menschen kein Recht haben, Mutter Erde zu erniedrigen, daß es Kräfte gibt, die jenseits dessen liegen, was der europäische Geist je zu erfassen vermochte, daß der Mensch in Harmonie mit *allen* Verwandten leben muß – sonst werden sie diese Disharmonie beseitigen. (…) Der Mensch ist das schwächste Glied in der Reihe der Schöpfung, so schwach, daß andere Schöpfungen bereit sind, ihr Fleisch für unser Leben zu geben. Menschen können nur durch Rationalität überleben, da ihnen die Fähigkeit anderer Geschöpfe fehlt, Nahrung durch Klauen oder Fangzähne zu gewinnen. Aber Rationalität wird dann zum Fluch, wenn sie die Menschen ihre natürliche Einordnung vergessen läßt, was anderen Geschöpfen nicht passiert. Ein Wolf oder eine Wölfin vergessen niemals ihren Platz in der natürlichen Ordnung, ein Indianer tut dies zuweilen, ein Europäer fast immer. Wir sagen dem Hirsch, unserem Verwandten, in Gebeten Dank dafür, daß er uns gestattet, sein Fleisch zu essen. Europäer schätzen sich einfach – durch Rationalismus und Wissenschaft – also gottähnlich ein; Gott ist das oberste Wesen; alles übrige ist ihm untertan. Und so kennt die Fähigkeit der Europäer, Disharmonien zu schaffen, keine Grenzen.

Eine Kultur, die beständig Revolution mit Fortdauer, die Wissenschaft mit Religion und Revolte mit Widerstand verwechselt, kann dich nichts Sinnvolles lehren, dir keine Lebensweise anbieten. Europäer haben seit langem jede Verbindung zur Realität verloren, falls sie sie jemals hatten.

Die umfassenden Beziehungen im spirituellen Lebensstil eingeborener Völker der mittleren Hemisphäre, allgemein als westliche Hemisphäre bekannt, zur Mutter Erde, zum

Land, hat große Bedeutung. Das heißt z. B., daß die Trennung eines indianischen Volkes von seinem Land – selbst bei finanzieller Entschädigung – eine Form von Geno- und Ethnozid ist. (...) Das Wesen des eingeborenen Lebens besteht aus einem Gewebe aus Fasern – der Natur, des Landes, der Pflanzen, der Tiere des Heimatgebietes. Dieses Gewebe zu zerreißen bedeutet, den Indianer zu vernichten. Die Unterdrücker der Indianer sind sich dieser Tatsache oft sehr bewußt; der Diebstahl des Landes ist meist ein vorausgeplanter Akt des Völkermords, wie es der Dawes Act in den USA war und heute die fortdauernden Angriffe gegen das Gemeinschaftsland der Mapuche in Chile, der Dine (Navajo) in Arizona, der Dene und Inuit im Norden, um nur einige Beispiele zu nennen. *(Pogrom)*

Wladimir Sangi

IN JEDEM LEBENDIGEN WESEN WOHNT EIN KLEINER GOTT

Unsere Kultur unterscheidet sich grundsätzlich von eurer, der europäischen Kultur. Unsere Kultur, entwickelt aus dem Leben von Rentierjägern, Fischern und Jägern, hat eine mehrtausendjährige Geschichte. Ihre Entwicklung hängt eng damit zusammen, daß die Menschen des Nordens gezwungen waren, mit der Natur zusammen zu leben, mit ihr eine gemeinsame Sprache zu finden, sie verstehen zu können. Für uns war die Sorge um das Weiterbestehen der Umwelt immer gleichbedeutend mit der Sorge um das Weiterleben der Familie, des Stammes. Deswegen wird unser Leben mit der Natur von jeher von dem Prinzip des Übereinstimmens und der Freundschaft mit ihr getragen. Bei euch Europäern war das vor langer Zeit auch einmal so. Auch ihr habt vor vielen Jahren noch die Natur als Gottheit verehrt, habt mit ihr gelebt. Doch dann wolltet ihr über die Natur herrschen, sie euch untertan machen. Auf einmal war die Natur für euch nur noch ein Konsumartikel. Und erst jetzt, da die Welt am Rande einer ökologischen Katastrophe steht, fangt ihr wieder an, euch über den richtigen Umgang mit ihr Gedanken zu machen.

Ihr Europäer habt mit eurer Konsumkultur die Natur zerstört. Ihr wolltet euch die Natur untertan machen. Wir haben niemals über die Natur herrschen wollen. Sie war für uns immer gleichwertig, wie ein Teil der Familie. Wir haben die Natur angebetet. Sie ist für uns ein Gott. In jedem lebendigen Wesen wohnt ein kleiner Gott. Und weil wir alles, was lebt, anbeten, können wir auch nicht so rücksichtslos mit dem umgehen, was uns die Natur gegeben hat.

(Sangi)

Leslie Carl High Rock

DIE ERNTE

Wenn alle Sterne vom Himmel fallen – fürchte dich nicht,
  es sind nur die Blicke unserer Mutter,
in denen der Zorn blitzt.
Wenn die Berge zerbersten – fürchte dich nicht,
  denn unsere Mutter speit nur die Chemikalien
  aus,
die wir ihr eingaben.
Wenn Brücken einstürzen und Häuser zusammenfallen
  – fürchte dich nicht,
denn damit will unsere Mutter uns aufrütteln in ihrer Verzweiflung.

Wenn Flüsse und Seen über die Ufer treten – fürchte dich
nicht,
  denn es sind nur die nie versiegenden Tränen
unserer Mutter, die unsere Lügen und unsere Habgier be-
weint.
Wenn die Geschöpfe der Natur mehr in Anspruch nehmen,
  als ihnen zusteht – fürchte dich nicht,
denn damit will unsere Mutter uns zum Nachdenken
  bringen.
Wenn Bohnen und Getreide nicht mehr wachsen wollen
  – fürchte dich nicht,
denn dadurch erinnert uns unsere Mutter,
  daß wir nur ernten, was wir gesät haben. *(Ludwig [1])*

Roger Dunsmore

DER GEIST DER ERDE

Eine Ameise schleppt einen Brotkrümel
über meine Hose.
Der Wind bricht sich auf der Oberfläche des Sees
so wie das Summen der Insekten sich am Felsen bricht,
Vögel zwitschern in den Lüften:
„Die Erde und ich sind von einem Geist."
Josephs ruhige Stimme
vom Red Willow River
zu diesem Kondensstreifen, der sich am Himmel verliert.
Donner grollt in den Bergen.
Eine Frage der Zeit.
Wir haben den Verstand verloren.

Reibe süßen Juniper in dein Gesicht und in deine Haare.
Nimm dir Zeit.
Wohlriechender Geist der Erde.   *(Akwesasne Notes [10])*

Margo Cassis

AN MEINEN SOHN

An meinen Sohn
kleinen Sioux-Jungen.
Weißt nichts vom Leid,
das deinem Volk angetan,
glaubst, sie seien zu deiner Freude da,
die reiche braune Erde,
die Bäume,
die flutenden Ströme,
die goldene Sonne.
Wachse schnell
bevor alles hinweggefegt ist
von Menschen, die vergessen haben,
daß du auf der Welt bist.   *(Mailandt)*

Ila Abernathy

ICH BIN WACHSENDES GRAS ...

Ich bin wachsendes Gras und des Grases Schnitter,
bin der Weidenbaum und der, der ihn fällt,
bin Weber, Gewebtes, Hochzeit von Weide und Gras.
Bin gefrorenes Land und des Landes Leben,
Atem und Tier und Felsengestein;
in mir lebt der Berg und die schwebende Eule
und ich leb' in ihnen, bin Bruder der Sonne,
des Blutes Kraft und vergossenes Blut,
ich bin der Hirsch, und ich bin sein Tod;
ich bin der Stachel in deinem Gewissen:
nimm mich an.   *(Mailandt)*

VOR DER GEBURT EINES KINDES

Der Geruch nach Mariengras
hängt in der Luft
Austreibungsphase, die Frau in den Wehen
bringt es hervor.
sie trägt es, bewahrt es
gebiert
jetzt preßt sie
heraus, heraus, offen, heraus
Aus
dem großen Berg
aus Kristall und Karmesinrot
der großen Herberge
aus Dampf und Schweiß
und gesegneten Wassern.

Welche Kraft ruft den Lachs
zum Laichen flußaufwärts?

Welche Macht gebietet den Ozeanen
sich gemäß der Anziehungskraft des Mondes zu verhalten?

Komm', kostbares Kind
komm' zu den Kieselsteinen und dem weichen Moos
komm' zu den Beeren und zum Mais.

Deine Großmutter ruft dich
Winde in allen Farben
begrüßen dich. *(Akwesasne Notes [11])*

John Grisdale

WILDE

Der weiße Mann kam
und taxierte die nackte rote Haut,
die Dörfer zwischen den Bäumen,
die Sagen von indianischen Gottheiten.
Und er brüllte: „Wilde!"

Der weiße Mann
ermordete den roten Mann,
plünderte dessen Dörfer
und beschuldigte ihn Greueltaten,
die er niemals begangen hatte.
Und dabei brüllte er „Wilder!"

Der weiße Mann sah,
wie der rote Mann den Büffel erlegte,
sah, wie die Frauen auch noch das kleinste Stück des Büffels
verwerteten.
Und der weiße Mann wütete unter den Büffeln.
Jetzt sind die gewaltigen Herden
dieser massigen, freilebenden Tiere
vom Erdboden verschwunden.
Und der weiße Mann brüllte: „Wilde".

Der weiße Mann
erblickte das Land der Indianer
und begehrte es.
Also überwältigte er den roten Mann
und steckte ihn in Reservate,
und dabei brüllte er „Wilde!"
Wenn ich mich heute umsehe,

mich selbst betrachte,
die Menschen und die ganze Welt um mich herum,
sehe ich Beton,
wachsende Städte
und immer kleiner werdende Naturlandschaften.
Im Aussterben begriffene Tiere
und leidende Menschen.
Und ich denke nur: „Wilde".

(Yukon Indian News)

Thomas Early

GEBURT EINES APFELBAUMES

Der Apfel sagt zu seinem Kern:
„Schluck mich!"
„Warum?" flüsterte der Kern.
„Weil ich dich nicht schlucken kann."
Kopfschüttelnd schluckte der Kern
und wurde immer dicker.
Dann mußte er aufstoßen und fiel zu Boden.

Er hatte verstanden und sagte zur Erde:
„Schluck mich."

(Mailandt)

Nils-Aslak Valkeapää

WO BIST DU ZU HAUSE

Mein Zuhause ist mein Herz
es zieht mit mir weiter

In meinem Zuhause lebt Joik
hören wir die Freude des Kindes
klingeln die Glocken
bellen die Hunde
zischt das Lasso
In meinem Zuhause flattern
die Kittel
hören wir das warme Lachen
der Samimädchen in ihren Fellstrümpfen

Mein Zuhause ist mein Herz
es zieht mit mir weiter

Du weißt es, Bruder
du verstehst, Schwester
aber was sage ich den Fremden
die das alles überwachen
was antworte ich auf ihre Fragen
die aus einer anderen Welt kommen

Wie kann man erklären
daß man nirgendwo wohnt
       oder trotzdem wohnt
wenn ich
hier in den Weiten wohne

Du stehst in meinem Bett
mein Abtritt liegt hinter den Büschen

die Sonne ist meine Lampe
der See meine Waschschüssel

Wie soll ich erklären
mein Herz ist mein Zuhause
es folgt mir
wie soll ich erklären
daß dort auch andere wohnen
meine Brüder und Schwestern

Was soll ich sagen, Bruder
was soll ich sagen, Schwester

Sie kommen
und fragen, wo du zu Hause bist
sie kommen mit Papieren
und sagen
das gehört niemandem
das gehört dem Staat
alles dem Staat
sie ziehen dicke schmutzige Bücher hervor
und sagen
das ist das Gesetz
das gilt auch für dich

Aber ich sehe nicht, Bruder
sehe nicht, Schwester
sage nichts
kann nicht
zeige nur auf die Weiten

Ich sehe unsere Weiten
unsere Wohnstätten
und höre das Herz schlagen
das ist mein Zuhause, all das

und ich trage es
in mir
in meinem Herzen

Ich höre es
wenn ich die Augen schließe
ich höre es

Höre irgendwo
tief in mir
höre den Boden zittern
unter tausenden von Hufen
höre die Flucht der Rentierherde
oder ist es die Noaidentrommel
und der Opferstein
entdecke irgendwo in mir
höre es flüstern klingen rufen schreien
und das Grollen hallt noch wider
in meiner Brust

Und ich höre es
auch wenn ich die Augen öffne
höre ich

Irgendwo tief in mir
höre ich
eine rufende Stimme
höre das Blut joiken
in der Tiefe
vom Morgengrauen des Lebens
bis zu seiner Abenddämmerung

Das alles ist mein Zuhause
diese Fjorde Flüsse Seen
das kalte Licht das harte Wetter

Nacht und Sonnenseite der Weiten
Freude und Trauer
Schwestern und Brüder
Das alles ist mein Zuhause
und ich trage es im Herzen

Ich erkenne dich doch noch
auch wenn du bei anderen warst
du bist mein Bruder
du bist meine Schwester

Ich erkenne dich doch noch
auch wenn du keine samischen Kleider trägst
du bist mein Bruder
du bist meine Schwester

Du weißt, Bruder
du verstehst, Schwester

Aber wenn sie fragen, wo du zu Hause bist
sagst du hier überall
In Skuolfedievvá bauten wir das Zelt auf
bei der Frühjahrswanderung
in Čappavuopmi stand das Zelt zur Brunstzeit
unser Sommerlager liegt in Ittunjárga
und im Winter stehen unsere Rentiere in Dálvada

Du weißt das, Schwester
du verstehst, Bruder

Unsere Vorfahren hatten ihr Feuer auf Allaorda
im Gras von Stuorajeaggi
in Viiddesčearru
Großvater ertrank beim Fischen im Fjord
Großmutter schnitt Riesgras in Selgesrohtu
Vater wurde in klirrender Kälte in Finjubákti geboren

Und trotzdem fragen sie
wo wir zu Hause sind
Sie kommen zu mir
und zeigen Bücher
Gesetzesbücher
von ihnen selber geschrieben
das ist das Gesetz, und es gilt auch für dich
Schau her

Zwar sind wir uns nie begegnet
aber ich erkenne dich
und wenn du es verstecken willst
rührt sich doch etwas in deinem Herzen

Du bist mein Bruder
du bist meine Schwester
ich liebe dich

Das wollte ich dir sagen
das wollte ich sagen
aber dann dachte ich
bloß kein Genörgel
Und außerdem
fehlt uns etwas
und sei's nur ein Wort
dann quält es uns
es fehlt uns einfach

Flieg kleiner Vogel
zwitschere

Flieg vorbei
bei den Gedanken

Abendröte
Birkenwipfel wogen zum Himmel
Licht spiegelt sich im Fluß

Alles bleibt ungesagt
sowieso   *(Valkeapää)*

LAND UND IDENTITÄT

Botschaft eines Papua aus Neu Guinea

Wie können wir als indigene Völker unsere ausländischen
Freunde, besonders Weiße, davon überzeugen, daß wir dem
Land eine andere Bedeutung zumessen als ihr Konzept des
Landeigentums? Warum sollten unsere Freunde wissen wol-
len, warum wir kämpfen, um unser Land zu schützen, auch
wenn wir keine Pläne haben, es zu „entwickeln"?

Kollektives Landeigentum ist für uns unsere einzige
Hoffnung auf Identität, weil es uns ein Gefühl des Stolzes
und der Würde gibt, ein Gefühl für Geschichte. Unser Land
ist keine Ware, die wir, so meinen unsere ausländischen
Freunde, leichten Herzens verkaufen oder freiwillig herge-
ben, nur um reich zu werden. Nein! Wenn wir unser Land
verlieren, werden wir unser Gefühl von Identität, Stolz und
unsere eigene Geschichte verloren haben. Wir werden auch
unser Volk verlieren und unsere eigenen Familien.

(Bedrohte Völker, Kalender)

„KOMMT ALS GÄSTE MIT DEM NÖTIGEN RESPEKT..."

Ein Appell der Penan aus Ostmalaysia

„Hört auf, den Wald zu zerstören, sonst werden wir gezwungen sein, ihn zu verteidigen. Der Wald ist unser Lebensraum. Wir haben hier lange vor euch gelebt. Wir haben in den sauberen Flüssen gefischt und im Urwald gejagt. Wir haben unsere Sagomahlzeit und die Früchte von den Bäumen gegessen. Unser Leben war nicht einfach, aber wir waren Teil der Umgebung.

Jetzt verwandeln die Holzgesellschaften Flüsse in Schlammfelder und den Urwald in eine Wüste. Fische können aber nicht in schmutzigen Flüssen leben und wilde Tiere nicht in einem zerstörten Wald.

Ihr habt unser Vertrauen mißbraucht und uns durch unlauteren Handel betrogen. Wir wollen unser angestammtes Land zurück, das Land, das uns gehört. Wir können es sinnvoller nutzen.

Wenn ihr zu uns kommt, kommt als Gäste, mit dem nötigen Respekt!"

(Ludwig [1])

Land bedeutet Leben – Stimmen aus Asien

Ein Kalinga-Stammesältester

„Einen Ort sein eigen zu nennen, zählt zu den grundlegenden Rechten eines jeden Menschen. Selbst die niedrigsten Tiere nennen einen Ort ihr eigen – wieviel mehr dann die Menschen! Der Mensch ist geboren und lebt. Leben empfängt er von dem Land. Wenn er das Land bearbeitet, besitzt er es. Und somit ist Land eine Gnade, die gehegt, gepflegt und furchtbar gemacht werden muß. Land ist heilig. Land wird geliebt. Aus seinem Schoß entspringt das Leben der Menschen in den Cordilleren."

Eine Penanfrau aus Sarawak, Westmalaysia.

„Wir lieben unser Land, wir bearbeiten es, pflanzen Bäume an, bauen Häuser, säen, jagen, sammeln Holz und Rotang (eine Rohrpalme). Und darüber hinaus sind in diesem Land unsere Großväter und deren Väter begraben. Wir können deren Gräber nicht überfluten lassen. Wir wollen auch nicht woanders auf ein paar Morgen angesiedelt werden, wo alles für Geld gekauft werden muß, wo wir alles Land verlieren und all das, was wir jetzt von der Natur umsonst erhalten. Soll der Damm kommen. Ich werde nicht weggehen. Ich werde bleiben und mit dem Land untergehen."

(Ludwig [1])

OH MEIN PAPUALAND

Ein Volkslied der Papua aus dem Westteil der Insel
Neuguinea

Oh mein Papualand
Land meiner Ahnen
dich will ich achten
mein Leben lang.

Ich achte deinen weißen Sand
an deinem schönen Strand
wo der blaue Ozean
im Licht erstrahlt.

Ich achte den Klang
deiner Brandung am Strand
ein Lied das immer
mein Herz entflammt.

Ich achte deine Berge
groß und erhaben
und die Wolken
die um ihren Gipfel schweben.

Ich achte deinen Wald
der dich bedeckt
und mich behütet
unter seinem Schatten.

Ich achte deine Erde
die mit ihren Früchten
meine Mühen bezahlt
und meine Arbeit.

(Ludwig [1])

ICH, INDIO ACHÉ

Klagelied paraguayischer Indianer

Ich, Indio Aché, klage die bekleideten Menschen an:
> weil sie mich mit den Tieren im Wald verglichen haben und weiterhin als solche betrachten;
> weil sie unter sich verbreitet haben, ich sei ein wildes Tier, ein Faulenzer, ein Verräter;
> weil sie uns Verbrechen anhängen, die sie und nur sie begangen haben.

Ich, Indio Aché, klage die bekleideten Menschen an:
> weil sie, aus Vergnügen oder um uns aus unserem Wald zu vertreiben, uns tage- und nächtelang gejagt haben, bis sie uns einkesseln, beschießen und quälen konnten;
> weil sie unsere Frauen ermordet haben, um ihnen die Kinder aus den Armen zu reißen;
> weil sie unsere Kinder verkauft haben, zu einem geringeren Preis, als er für ein Kalb zu zahlen ist;
> weil sie den Kinderraub als etwas Gutes für diese Kinder rechtfertigten: „So gliedern sie sich in die Zivilisation ein", sagen sie;
> weil die Kinder, wenn sie groß sind, zu Sklaven der Patrone werden, während diese die Dreistigkeit besitzen, sie Söhne und Töchter zu nennen;
> weil die bekleideten Menschen Gesetze für alles haben, hingegen haben sie nie ein Gesetz gemacht, welches den Kinderraub, den Menschenhandel und die verschleierte Sklaverei verbietet.

Ich, Indio Aché, klage die bekleideten Menschen an:
> weil sie nur mit beschriebenem Papier das Land gestohlen haben, das unser Lebensraum ist;

weil sie mit ihren Gewehren die Tiere des Waldes aus-
gerottet haben, von denen wir gelebt haben;
weil sie auf unser Land Tiere gebracht haben, die sie
Kühe nennen. Die bekleideten Menschen sagen, diese
Tiere gehörten nur ihnen, während Tapire, Coaties
und Wildschweine nicht nur unsere seien;
weil sie uns mit Hunden verfolgt und mit Gewehren
beschossen haben, als wir im kalten Winter, hungernd,
einige der neuen Tiere, Kühe und Pferde gegessen haben;
weil die bekleideten Menschen die Palmspitzen ernten,
ohne sie selber zu essen.
Ich, Indio Aché, klage die bekleideten Menschen an:
weil sie nur ihre Interessen, aber nicht meine Wesens-
art sehen, wenn sie mich zwingen, jetzt seßhaft zu werden;
weil sie uns auf einem Landflecken zusammenzwän-
gen, den wir nicht verlassen dürfen;
weil wir gegen unsere Gewöhnung sehr wenig Fleisch
bekommen, statt dessen Maniok und Mais essen müssen;
weil sie wissen oder wissen müßten, daß wir – auf engem Raum zusammengepfercht – anfällig für fatale
Grippeepidemien sind; trotzdem halten sie uns weiter-
hin konzentriert zusammen;
weil sie uns, damit wir das Reservat nicht verlassen,
Pfeile und Bögen genommen haben, die jetzt im Hause
unseres paraguayischen „Papas" unter Verschluß gehal-
ten werden.
Ich, Indio Aché, will, daß die bekleideten Menschen mein
Lied hören:
die Aché schossen mit Pfeil und Bogen viele Tiere im
Urwald

die Aché schießen im Urwald keine Tiere mehr mit
Pfeil und Bogen
die Aché töteten den Ameisenbär im Urwald
die Aché töten keinen Ameisenbär mehr im Urwald
die Aché, ja die Aché haben schon aufgehört, Aché zu
sein;
wehe, wehe nur! *(Ludwig [1])*

Gayle High Pine

WIR SIND TEIL DER GANZEN ERDE

Wir sind Teil der ganzen Erde, geistig verbunden mit jeglicher Entwicklung der Erde. Wir hören jeden ihrer Schreie.
Wenn wir die Fähigkeit verlieren, ihre Schreie wahrzuneh-
men, hören wir auf, in Harmonie mit ihr zu leben, und wir
werden mit den zerstörerischen Eindringlingen verschwinden, wenn die Erde mit einem gewaltigen, krampfartigen
Zucken diesen Mißton auslöschen wird. *(Gayle High Pine)*

Borja da Costa

SCHWEIGEMINUTE

Schweigt
    ihr Berge,
    Täler und Quellen,
    Flüsse und Ströme,
    steinige Wege und
    grasbedeckter Horizont
schweigt.

Schweigt,
    ihr Vögel der Luft,
    Wellen des Meeres,
    Wind, der bläst
    auf den Sand der verweht
    in ein Land,
    das niemand besitzt,
schweigt.

Schweigt,
    Schilfrohr und Bambus,
    Büsche und Eucalyptus,
    Palmen und Gräser,
    endloses Grün
    des kleinen Timor
    schweigt.

Schweigt,
    Stille, unsere Stille
    für eine Minute,
    eine Schweigeminute
    für die totgeschwiegene Zeit,

für die verlorenen Leben,
geopfert
        für die Heimat,
        für die Nation,
        für die Menschen,
        für die Freiheit.

Schweigt – eine Schweigeminute lang. *(da Costa)*

Nils-Aslak Valkeapää

WEISHEITEN DER SAMI

„Wenn einer eine Reise über 300 Meilen macht, ist dies ein Grund, dankbar zu sein, wenn er zur beabsichtigten Zeit am Ziel ankommt. Bei schlechtem Wetter kann eine Ankunft auf die Woche genau schon als ziemlich gut betrachtet werden. Man fühlt, daß Leute, die sich auf die Minute genau verabreden, aus einer völlig andern Welt stammen – sie haben Sekunden erfunden, ja bereits Hundertstel davon."
                                        (Stüssi)

Rarihokwats

DIE SUCHT DER VERBRAUCHER

Während es Mode geworden ist, großen Konzernen die
Schuld an der Ausbeutung von indianischem Land und
Wasser zu geben – zugegebenermaßen trifft das ja auch zu –
mangelt es uns an der Erkenntnis, daß der europäisch-ame-
rikanische Lebensstil, den der größte Teil der Gesellschaft
praktiziert, maßgeblich verantwortlich dafür ist; die Konzerne sind nur die Erntenden. Die Menschen in den kom-
fortablen Vorstädten vermögen nur die Oberfläche zu
sehen wenn sie sagen: „Diese bösen Machtstrukturen der
Konzerne ..." und gleichzeitig außer sich sind, wenn es zu
einem Engpaß in der Gasversorgung kommt oder wenn es
nicht genügend Wasser für ihren Rasen gibt. Auch die Indianer müssen verstehen, daß sie sich den verhaßten Konzernen auf Gedeih und Verderb ausliefern, wenn sie die
europäische Lebensweise adoptieren.

Die Sucht des amerikanischen Verbrauchers läßt sich am
besten dadurch deutlich machen, daß wir die Verbindung
zwischen Land, Erde, Bäumen und Flüssen und einer Injek-
tionsspritze mit dem Aufdruck „Immer mehr" darstellen,
die dem süchtigen Konsumenten vom Dealer in Gestalt der
Konzerne ausgehändigt wird.   *(Akwesasne Notes [12])*

Tom LaBlanc

WIEDER VERIRRT

Glaubst Du wirklich, daß Christoph Columbus 1492 Amerika entdeckt hat? Oder daß Leif Erickson und die Wikinger schon früher da waren? Welche Rolle spielt es, wer oder wann die ersten Europäer hierher kamen? [...]

Ich hasse weder Columbus noch einen anderen Fremden. Was geschehen war, ereignete sich nach dem Willen einer höheren Kraft als der menschlichen. Doch diese Bestimmung heißt nicht, daß Gott den Europäern und ihren Nachfahren sagte, daß sie das Recht hätten, die Welt zu regieren, überall zu intervenieren oder das zu tun, wozu sie Lust haben. Nein, Gott führte alle Nationen und Rassen hier in der Heimat der roten Erde zusammen, damit sie in einer höheren Ordnung gemeinsam leben, um wahre Liebe zu lernen, die größer und bedeutender ist als die selbstsüchtige Liebe heutzutage. Die Liebe zum Leben ist eine Lebensweise. Wir müssen unsere gemeinsame Aufgabe akzeptieren, die Hüter des Landes zu sein, und nicht seine Totengräber. [...]

Fünfhundert Jahre sind ohne Bedeutung im Reich der Zeit, und zweihundert Jahre sind noch um einiges weniger, nur die Felsen – Milliarden von Jahren alt – haben ein langes Leben, es gibt sogar einige alte Bäume, die zweitausend oder dreitausend Jahre alt sind, älter als Jesus Christus. Die Indianer waren hier seit undenklichen Zeiten, und nicht einmal uns gehört das Land. Die Indianer haben sich nie verirrt hier, wir entdeckten Columbus, wir wußten lange vorher, daß die Europäer kommen würden. Wir waren immer freie Menschen, freie Nationen – arm, aber frei. Wir öffneten die Tore zu unserer Heimat und haben sie trotz aller Widrigkeiten nicht geschlossen. In Europa gab es keine wirkliche Freiheit, das ist ein Grund, weshalb es Amerika gibt. Die unzivilisierten, dämlichen Lasttiere, der sogenannte „edle Wilde", wußte 1492, daß die Indianer nicht durch Columbus und seine Ankunft erschaffen wurden. Die Fehlbezeichnung Indianer wurde für uns nun ein Name, mit dem wir alle Vorfahren bezeichnen, die das Land und die Menschen verteidigten, und wir sind auch heute noch am Leben.

Doch ist dies nicht eine Frage von: Europäer gegen Indianer, keine Rasse, keine Nation, keine Klasse, kein Geschlecht, keine Trennung, keine Grenzen, keine Unterschiede. Und doch hatten die Indianer Heilmittel gegen viele Krankheiten, aber es waren die natürlichen Heilmittel, die aus dem Land kommen und die mit jedem Baum, der in den Regenwäldern gefällt wird, weggenommen werden. Die Erde ist belagert, geplündert, sie wird zerstört im Namen unseres sogenannten Wohlstandes; das Leben wird seiner Existenz beraubt. Amerika, wach auf, Welt, wach auf, bevor Columbus sich wieder verirrt, schnell, bevor es zu spät ist, blick der Wahrheit ins Gesicht. Es ist keine politische Frage, keine der Rasse, sondern eine von Gott gegebene spirituelle Aufgabe – Materialismus gegen Spiritualität. Wir haben nun fast 500 Jahre zusammengelebt, also vergeßt die Anti-Amerika-Slogans, denn wir sind präamerikanisch, und Amerika ist auch unser Land, Leute. Amerika sagte uns, daß es wüßte, wie das Land zu nutzen sei. Wir wußten, daß Erfindungen eure Macht waren, doch eure Denkweise ist euer Dilemma. Zerstörung, Verschmutzung und Gewalt sind symptomatisch für die Tatsache, daß die Erde stirbt. Mutter Erde ist krank, die Krankheit kommt von den zweibeinigen menschlichen Wesen, nicht von den sterbenden Walen – *wir* sind das Problem. Die Erde wurde in wundervoller Vollkommenheit erschaffen. Das Leben ist ein grandioses Mysterium, an dem wir alle gemeinsam teilhaben. Amerika ist unsere Heimat, unsere Mutter, ein Lebewesen wie wir. Wessen Land ist das überhaupt? Wessen Mutter ist es? Wer sind die Besitzer des Landes, wer besitzt seine eigene Mutter? Als menschliche Wesen sind wir nur verirrte Augenblicke der Zeit, die den Raum sowieso nur für eine kurze Weile bevölkern. Kein Gesetz kann aus dem Falschen das Richtige machen; die errichtete Ordnung muß das tun, was wichtig ist für das Leben.

Die Indianer lernten am Anfang aller Dinge drei Wörter, das erste war *Überleben*, nichts existiert ohne das Überleben, das zweite Wort entstand aus dem ersten und hieß *Angst*, fürchte das Feuer, denn es kann dich töten, sei also vorbereitet, das dritte Wort ist *Liebe* und hält die beiden ersten im Gleichgewicht. Überleben, Angst und Liebe. Laß dich also nicht von der falschen Macht der Gewalt in die Irre führen. Wir alle müssen unsere gemeinsame Bestimmung akzeptieren, eins mit dem Land zu werden, dem Land, das Amerika genannt wird.

Alles Leben ist verwandt. Wir sind alle miteinander verwandt, und daher müssen wir für alles Land und Leben beten. Es gibt keinen sicheren Platz mehr auf der Erde. Wir können nicht die Zukunft unserer Kinder verkaufen. Die Erde, Mutter Erde, liebt alle ihre Kinder – die roten wie die weißen, die schwarzen wie die gelben, sie ernährt uns alle, heilt uns und beschützt uns alle. Welche Kinder würden sich nicht um ihre kranke Mutter kümmern? Wer hilft, sie zu töten? Entdeckt die Wahrheit, die Columbus und die moderne Gesellschaft vor uns verstecken. Vertraue nicht blind irgendeiner Regierung oder Gesellschaft, entdecke die Wahrheit für dich selbst, berühre die Erde, wir müssen

Mutter Erde heilen, und vielleicht heilen wir uns in diesem Prozeß selbst. Laßt uns nicht mehr in die Irre gehen. Laßt uns die Wahrheit entdecken, daß die Menschen die Hüter des Landes sind. Es liegt an uns, an jedem einzelnen, zusammenzuleben, das Leben zu gestalten. Nationen und Staaten in Ost und West basieren auf dem Konsum, sie konsumieren alles, verschlingen es, bis nichts mehr übrig bleibt, nehmen, nehmen, wie gierige Kinder. Wir erlauben dem gierigen Bösen, mit einer gesetzten Ordnung zu herrschen, die Eigentum und materiellen Wohlstand über menschliches Leben setzt und keine andere Form des Lebens gelten läßt. Die Menschen müssen die Welt zurückgewinnen. Ich denke, Columbus sagte es richtig, „Indios", „in Gott", ja, es steht selbst auf unserem Geld, „in god we trust", in Gott vertrauen wir. Unser Leben muß wieder heilig werden, in Gott, mit Gott. Liebt Amerika, liebt das Land, das Leben, die Menschen, gestaltet euer Leben und verirrt euch nicht mehr, nichts ist stärker als ein guter Geist.   *(LaBlanc)*

Tom LaBlanc

WIE BÄUME STERBEN, SO STERBE ICH

Vor nicht langer Zeit nahm ich auf meinem üblichen Heimweg, weniger zufällig als absichtlich, eine Abkürzung durch ein unbebautes Grundstück. Eines, das zwar von den Stadtplanern, aber nicht von den ortsbekannten Trinkern vergessen worden war. Plötzlich hörte ich ein entferntes Schluchzen und sah mich um, nahm aber niemand wahr und setzte meinen Weg fort. Doch nur, um erneut diese mitleiderweckende Stimme der Verzweiflung zu vernehmen, lauter diesmal. Da es dämmrig war, die Zeit in der selbst die Schatten Schatten werfen, hörte ich nur: „Bist du Indianer?" Ohne zu überlegen, antwortete ich mit „Ja". Ich gelangte zu einer großen Gruppe von Birken, ein seltener Anblick in der Stadt. Dort stand auch dieser einsame, verdorrte Zedernbaum, der aussah, als ob nicht einmal der Frühling das Leben wieder in ihm wecken könnte. Ich war völlig ungewohnt nicht-menschliche Rede zu hören, hatte Angst und stand deshalb stumm vor diesem Baum, der mit mir redete. Er setzte seine Anrede for: „Bruder, könntest du uns helfen, wir gehen langsam ein. Wenn du deine Mutter Erde liebst, paß bitte auf uns, ihre Kinder auf." Ich nickte in schweigender Zustimmung und lief dann nach Hause, im Schockzustand. Seither jeden Tag jedoch, blieb ich bei dem leeren Grundstück stehen und gewöhnlich helfe ich meinem Bruder. Eigentlich ist es auch nicht mehr angsterregend mit all den Bäumen zu reden. Wir können uns sogar ohne Geräusche unterhalten. Aber gestern begegnete ich auf meinem täglichen Gang einem Bautrupp, die das leere Grundstück aufgruben und sah, daß nur die Bäume noch standen. Sofort rannte ich zu dem Glatzkopf hin und schrie

ihn an: „Aufhören, ihr bringt meine Familie um." Er lief
von mir weg, mit einem erschreckten Gesicht und brüllte
zurück, „Du verdammter Wilder, das ist doch nur meine
Arbeit!" Langsam glitt ich zu Boden und umarmte meinen
Bruder Zeder, weinte vor Trauer und sagte: „Ich habe ver-
sagt, mein Bruder, vergib mir. Für die da seid ihr nur Gegen-
stände, nicht lebendig. Wenn ihr sterbt, werde ich auch
sterben. Bitte sagt unserer Mutter, daß ich sie liebe." Dann
begann mein Bruder Zeder zu sprechen, ziemlich leise, als
ich fühlte, wie der Wind um uns kälter wurde. Er sprach,
„Hab keine Angst, Bruder, die anderen haben bereits eine
neue Heimat gefunden, ich bin es, der hier keinen Platz
mehr hat. Ich werde in dir leben, das ist der Wille unserer
Mutter Erde, denn sie liebt uns beide."   *(LaBlanc)*

Alter Joik

BÄRENLIED

Wach doch auf, mein Bruder,
schon leuchtet der Tag auf den Bergen,
schon rennen die Ameisen an den Baumstämmen,
schon tönt der Vögel Gesang an mein Ohr.
Alte Frauen versorgen schon die Schleppnetze,
alte Männer versorgen schon die Ahlen,
Kinder spielen schon tollend herum mit Bogen. *(Stüssi)*

Papusza

LIED AN DEN WALD

O meine Wälder!
Euch würde ich nie eintauschen
Für alles Gold der Welt,
Für alle funkelnden Edelsteine,
Die so herrlich leuchten und
Die Menschen magisch anziehen.

Auch ihr meine felsigen Berge,
Ihr Steine über dem Wasser,
Ihr seid mir teurer als
Alle funkelnden Kleinodien.

Und wenn erst beim nächtlichen Mondschein
Das Lagerfeuer in meinem Wald
Funkelt wie Edelstein,
Der den Menschen die Hand schmückt!

Ach meine geliebten Wälder,
Wie ihr nach Gesundheit duftet!
Ihr habt die Roma-Kinder aufgezogen
Wie euer Jungholz.

Das Herz bewegt der Wind wie das Laub
Und niemand muß sich fürchten.
Die Kinder singen,
Ob hungrig, ob durstig,
Sie springen und tanzen
So wie der Wald es sie gelehrt.   *(Ludwig[1])*

Ailo Gaup

IM FRÜHLING

All die bekannten Formen
in den umliegenden Bergen,
die Felsspitzen, die hervorstehen,
die flache Pfanne der Hochebene,
alle Knies und Brüste
sprechen nun zu mir
in einer Sprache, die ich verstehe.

Die Füchse und die Schneehühner
sprechen auch zu mir,
die Flüsse unter dem faulenden Eis,
die brünstigen Rentiere
mit den glänzenden Augen
sprechen zu meinem Herzen;
es gibt viele Bande zwischen uns,
ich schulde großen Dank
dem „Seidi"* der Rentiere.
Wir haben eine schwere Zeit hinter uns,
wir haben gehungert, gefroren,
es wird nun leichter
mit jedem Tag, der vergeht.

Ich habe euch im Sinn,
vielen Dank an alle
von einem, der das Messer führt.   *(Ludwig [1])*

---

* Opferstein bzw. auffällige Felsformation, in der gemäß der traditionellen
Religionsauffassung der Samen die Schutzgeister der Menschen, Tiere und
Pflanzen weilten

Ailo Gaup

DAS WORT

Flüstre zu dem Felsen
in dem Versteckten lauscht etwas
nimmt das Wort entgegen
führt es weiter
und vollendet es. *(Ludwig [1])*

195

Cesspooch (Dancing Eagle Plume)

LEBENDER FELS

Ich bin ein Stein,
Leben sah ich und Tod,
fühlte Glück und Gram und Kummer.
Ich lebe das Leben des Felsen.
Ich bin ein Teil der Erdmutter.
Ich fühlte ihr Herz pochen an meinem.
Ich fühlt' ihren Schmerz.
Ich fühlte ihr Glück.
Ich lebe das Leben des Felsen.
Ich bin ein Teil uns'res Vaters,
des großen Geheimnisses.
Ich hab' seine Trauer gefühlt.
Und ich fühlte auch seine Weisheit,
sah seine Geschöpfe, die Brüder mir sind,
die Tiere, die Vögel,
die flüsternden Wasser und Winde,
die Bäume und alles auf Erden
und jegliches Ding im All.

Ich bin ein Verwandter der Sterne.
Ich spreche, wenn du zu mir sprichst.
Ich will lauschen, wenn du zu sprechen begehrst.
Ich kann dir helfen, wenn du Hilfe brauchst,
doch tu mir kein Leid,
unser Fühlen ist eins.
Ich bin gefüllt mit heilender Kraft,
doch wirst du suchen sie müssen.
Du denkst ich sei ein Felsen,
welcher liegt in der Stille,

in der Feuchte des Grundes.
Doch das bin ich nicht,
sondern Stück allen Lebens.
Ich bin lebendig, denen, die denken.
Ich bin zu helfen hier. *(Mailandt)*

Omaha

DER FELS

unbewegt
seit unendlichen
Zeiten
ruhst du
dort inmitten der Pfade
inmitten der Winde
ruhst du
bedeckt mit dem Kot der Vögel
Gras, das aus deinen Füßen wächst
dein Kopf geschmückt mit Vogeldaunen
ruhst du
inmitten der Winde
wartest du
Betagter *(Arens/Braun)*

Basil H. Johnston

FELSEN DER TRÄUMER

Es war eine heilige Stätte, von gigantischen Kräften
aufgetürmt,
mit ragendem Gipfel, hoch bis zum Weg der aufwärts
ziehenden Seelen und dem Jenseits der Welt,
oft verhüllt von mystischen, aus dampfendem See steigen-
den Nebeln,
erhellt von Sonne und Mond oder umgeben von kosmi-
scher Dunkelheit,
Wirklichkeit werdend durch den Atem des Lebens,
sich wandelnd und doch immer gleich,
wandelnd das Gefühl des Seins,
sprechend vom Geheimnis des Werdens
aber es nicht entschleiernd.

Es war ein heiliger Ort, den der Urgeist zuerst erschuf,
verborgen im dunklen Schoß der Ursubstanz,
durch göttliches Gesetz bestimmt,
das Geheimnis der Kraft des Lebens zu bewahren,
doch vom Gesetz jenseits der Gesetze ausersehen,
Herz und Seele des Menschen zu durchdringen
und sich ihnen zu verbinden,
das Bestehende zu mehren,
dem Dasein einen Zweck zu geben,
Leben zu schenken, ohne das Geheimnis des Lebens zu ent-
hüllen.

Zu diesem Gipfel der Visionen kamen Jünglinge, von Hoffnung erfüllt, fast Kinder noch an Gestalt,
oder mit Herz und Seele dem Weltengeist noch nicht verbunden.

Wachend in einsamer Nacht wehrten sie dem Wunsch des Körpers nach Speise und Trank, entflohen der engen Sinnenwelt,
um den Hunger der Seele zu stillen
und Herz und Geist zu reinigen,
um den heiligen Traum sich zu verdienen und zu empfangen,
der Form und Weg des Lebens und der Bestimmung Zeichen setzt und neue Kraft zum Leben schenkt.

Jetzt ist hier ein Platz für die Öffentlichkeit,
die Einsamkeit preisgegeben denen, die einherkommen,
gleichgültig und gedankenlos, wie sie auch durch ihr Leben gehen,
die sehen aber nicht suchen, die hören aber nicht zuhören,
die berühren aber selbst nicht berührt sind,
spottend und ohne Ehrfurcht ihre Namen kritzeln auf uralten Fels,
als ob Namen mehr bedeuteten als das Geheimnis des Seins.

(Mailandt)

J. B. Bernhard

DANN

Sollte ich drinnen sterben, tragt mich bitte hinaus.
Wenn ich schon draußen bin, laßt mich liegen, wo ich bin,
damit am Tage die Bussarde von mir zehren können,
die großen harmlosen Vögel, und in der Nacht können
Kojoten und Wildkatzen ihre Speise bei mir holen,
denn ihr Leben ist nicht immer leicht,
und ihre Kraft muß gewaltig bleiben.
Vielleicht wird auch eine Berglöwin mich mit ihrem Besuch
beehren, und – sollte es im Frühling sein – wird sie die Jungen mitbringen.
Ich werde zu der Familie sagen: „Ich grüße euch."

Mag der Bestatter auch mit seinen Vorschriften kommen:
Legt mich nicht in einen zur Kiste verschandelten Baum,
der innen Metall, Zement oder Plastik ist.
Das ist ein Vergehen wider die Natur.
Und vor allem: werft mich nicht der heißen Zunge des
Feuers zum Fraß hin.

Wenn der Tod einen Sinn hat, dann ist es Leben,
gleich nach ihm wieder vielfältiges Leben:
Das schöne samtfüßige Leben des Löwen,
das schwebende, luftige Leben des Bussards,
das geschäftige Leben der Fliege,
das Leben des bohrenden Wurms,
der Milliarden Morgen Ackerland schon bearbeitet hat,
viel mehr als der Mensch mit seinen ausgeklügelten
Geräten.

Laßt mich von ihnen allen ein Teil sein.

Laßt mich mit samtschwarzen Raben über grüne Hügel fliegen.
Laßt mich bei Nacht mit dem weißnasigen Waschbären am Bach sitzen.
Laßt mich Höhlen graben mit dem unterirdischen Dachs.

Dann, wenn später nichts mehr ist als Knochen, ein wenig Haut und Haar, erlaubt mir zur Mutter Erde zurückzukehren.

Im ersten Jahr wird ein großer Pilz wachsen, wo ich war,
im zweiten grünes Gras, so hoch, daß die Hirsche davon satt werden,
im dritten wird ein Chapparalbusch aus meinem Kopf und ein Manzanitabaum aus meinen Zehen wachsen,
im vierten eine große, immergrüne Eiche, so daß die Eule in mir ihr Heim bauen und ihre (meine) Kinder aufziehen kann,
im fünften eine Weißeiche, und ich werde mit den Spechten und flatternden Hähern schwatzen,
im sechsten eine Fichte, und das graue Eichhörnchen wird von meinen Zapfen essen und ich so ein Teil von ihm sein.

Und wenn der Wind weht, dann kann ich auf meine Spitze klettern und in luftiger Höhe schaukeln, begeistert wie ein Kind.

Betteln ist nicht meine Sache, aber diese eine Bitte habe ich:
Übergebt mich nicht dem Bestatter mit seinen toten Chemikalien und dem Mißbrauch des Feuers.
Laßt mich leben in Ewigkeit.
Was aus meiner Seele wird, das weiß ich,
laßt darum meinen Körper seine Bestimmung erfüllen.

(Mailandt)

QUELLENVERZEICHNIS

Akwesasne Notes [1], Frühwinter 1982, Mohawk Nation, U. S. A., aus dem Englischen von Silvia Mayer

Akwesasne Notes [2], Herbst 1973, Mohawk Nation, U. S. A., aus dem Englischen Rundbrief Indianer Heute

Akwesasne Notes [3], Nr. 1/1979, Mohawk Nation, U. S. A., aus dem Englischen von Silvia Mayer

Akwesasne Notes [4], Spätherbst 1982, Mohawk Nation, U. S. A., aus dem Englischen von Silvia Mayer

Akwesasne Notes [5], Frühsommer 1983, Mohawk Nation, U. S. A., aus dem Englischen von Silvia Mayer

Akwesasne Notes [6], Frühjahr 1983, Mohawk Nation, U. S. A., aus dem Englischen von Silvia Mayer

Akwesasne Notes [7], Winter 1981, Mohawk Nation, U. S. A., aus dem Englischen von Cordula Rowitz

Akwesasne Notes [8], Nr. 1/1982, Mohawk Nation, U. S. A., aus dem Englischen von Silvia Mayer

Akwesasne Notes [9], Sommer 1979, Mohawk Nation, U. S. A., aus dem Englischen von Janet Woolverton

Akwesasne Notes [10], Winter 1984, Mohawk Nation, U. S. A., aus dem Englischen von Silvia Mayer

Akwesasne Notes [11], Spätwinter 1983, Mohawk Nation, U. S. A., aus dem Englischen von Silvia Mayer

Akwesasne Notes [12], Spätherbst 1974, Mohawk Nation, U. S. A., aus dem Englischen von Klemens Ludwig

Arens, Werner und Braun, Hans-Martin (Hg.), Der Gesang des Schwarzen Bären. Lieder und Gedichte der Indianer, Beck Verlag, München 1992

Aufruf der Sami, aus: Charta 79. Dokumentation der samischen Aktionsgruppe zu ihrem Kampf gegen den Alta-Staudamm in Norwegen Ende 1979, Trotzdem Verlag, Reutlingen 1979

Bamford, Mike, aus: Pogrom 89/90, 1982, Gesellschaft für bedrohte Völker, Göttingen, aus dem Englischen von Hartmut Lutz

Bedrohte Völker, Taschenkalender 1993, Junius Verlag, Hamburg 1992

da Costa, Borja, aus: Francisco Borja da Costa: „Revolutionary Poems in the Struggle against Colonialism", Hg. Jill Jolliffe, Wild & Wooley, Sydney, 1976, aus dem Englischen von Klemens Ludwig

Ernesto Cardenal, Wortseelen – Menschenseelen. Poesie der Naturvölker. Peter Hammer Verlag, Wuppertal 1987

Eskimo Märchen, Dausien Verlag, Hanau 1984

Henson, Lance, aus: this small sound/dieser kleine klang, Gedichte von lance henson, aus dem Englischen von Hartmut Lutz, Gesellschaft für nordamerikanische Kulturen, Berlin 1988

High Pine, Gayle, aus: Rundbrief Indianer Heute, Nr. 20/21 o. J.

Hiro, Henri, aus: Pogrom Nr. 166/1992, Gesellschaft für bedrohte Völker, Göttingen

LaBlanc, Tom, Go Beyond. Indianische Gedichte und kurze Prosa, aus dem Englischen von Monika Seiller und Dionys Zink, Eigenverlag Big Mountain Aktionsgruppe, München 1992

La Duke, Winona, aus: Charta 79. Dokumentation der samischen Aktionsgruppe zu ihrem Kampf gegen den Alta-Staudamm in Norwegen Ende 1979, Trotzdem Verlag, Reutlingen 1979

Ludwig, Klemens [1] (Hg.), Lebenslieder Todesklagen, aus dem Dänischen, Englischen, Niederländischen, Portugiesischen und Spanischen von Yvonne Bangert, Alex Diederich, Helmut Hackfort, Bernd Lobgesang, Klemens Ludwig und Silvia Mayer. Peter Hammer Verlag, Wuppertal 1988

Ludwig, Klemens [2], Osttimor – Das Schweigen brechen, Pazifik Informationsstelle, Neuendettelsau 1991

Märchen der Buschmänner, Dausien Verlag, Hanau 1983

Märchen und Mythen der brasilianischen Indianer, Eigenverlag Brigitte Goller, Freiburg, 4. Auflage 1990

Mailandt, Mechthild (Hg.), Neue indianische Poesie, aus dem Englischen von Anneliese Rudwaleit, Klenkes Verlag, Aachen 1987

Pogrom Nr. 89/90, 1982, Gesellschaft für bedrohte Völker, Göttingen

Rasmussen, Knud, Die Gabe des Adlers. Eskimomythen aus Alaska, Frankfurt 1937, Neuauflage Verlag Clemens Zerling, Berlin 1988

Rundbrief Indianer Heute [1], Nr. 38/1981; vom Autor überarbeitet

Rundbrief Indianer Heute [2], Nr. 25/26 o. J.; vom Autor überarbeitet

Rytcheu, Juri, aus: ders., Wenn die Wale fortziehen, Unionsverlag Zürich, 1992. Erstauflage Simon & Magiera, Nördlingen 1977, aus dem Russischen von Eveline Passet

Sangi, Wladimir, aus: Pogrom Nr. 153/1990, Gesellschaft für bedrohte Völker, Göttingen, Gespräch mit Bernhard Clasen

Stüssi, Anna. Die Sami. Bedrohte Kultur in Lappland, Gesellschaft für bedrohte Völker, Bern 1990

Tatanka Yotanka, aus: Pogrom Nr. 89/90, 1982, Gesellschaft für bedrohte Völker, Göttingen

Te Tohunga, Alte Sagen aus Maoriland, Freitag Verlag, Berlin 1983

T'Selei, Frank, aus: Pogrom Nr. 50/51, 1977, Gesellschaft für bedrohte Völker, Hamburg, heute Göttingen

Valkeapää, Nils-Aslak, aus: Jahrbuch für finnisch-deutsche Literaturbeziehungen Nr. 22/1990 Helsinki, aus dem Schwedischen von G. Haefs

Wie das Känguruh seinen Schwanz bekam, aus: Frau und Mutter 2/1986

Wingfield, Joan, aus: Pacific Women Speak, Evangelisches Missionswerk-Informationen, Materialdienst, Hamburg, September 1987

Yukon Indian News, 24. Mai 1979, aus dem Englischen von Silvia Mayer

WEITERFÜHRENDE LITERATUR

Adler, Christian: Der letzte Sieg des Zauberers, Frankfurt/M. 1981

Arens, Werner / Braun, Hans-Martin: Der Gesang des Schwarzen Bären, München 1992

dies: Die Indianer. Ein Lesebuch, München 1993

Arden, Harvey / Wall, Steve: Hüter der Erde. Begegnungen mit Indianern Nordamerikas, München 1992

Baumann, Peter / Uhlig, Helmut: Kein Platz für ,wilde' Menschen, Frankfurt/M. 1980

Biegert, Claus: Der Erde eine Stimme geben. Indianisches Lesebuch, Reinbek 1987

Bitterli, Urs: Die ,Wilden' und die ,Zivilisierten'. München 1982

Bodley, John: Der Weg der Zerstörung. Stammesvölker und industrielle Revolution, München 1983

Bökemeier, Rolf / Friedel, Michael: Verlorene Menschen. Begegnungen mit Menschen, die es morgen nicht mehr gibt, Hamburg 1984

Burger, Julian: Die Wächter der Erde, Reinbek 1991

Buschenreiter, Alexander: Unser Ende ist Euer Untergang, Göttingen 1991

Cardenal, Ernesto: Wortseelen – Waldmenschen. Poesie der Naturvölker, Wuppertal 1987

Crosby, Alfred W.: Die Früchte des weißen Mannes, Frankfurt 1991

Deloria, Vine: Nur Stämme werden überleben, München 1987

ders.: Gott ist rot, München 1987

Devivere, Beate von: Das letzte Paradies, Frankfurt/M. 1984

Drewermann, Eugen: Die Zerstörung der Erde, Freiburg 1991

Durning, Alan: Guardians of the Land, Worldwatch Institute, Washington 1992

Gesellschaft für bedrohte Völker: Unsere Zukunft ist eure Zukunft. Indianer Heute, Hamburg 1992

Harris, Marvin: Kannibalen und Könige, Stuttgart 1990

Henson, Lance: this small sound / dieser kleine klang, Berlin 1988.

Kaiser, Rudolf: Die Erde ist uns heilig, Freiburg 1992

Kaiser, Rudolf: Indianischer Sonnengesang, Freiburg 1993

Keplinger, Klaus: Der Baum der einem Mann ein Kind schenkte, Freiburg 1993

LaBlanc, Tom: Go Beyond, indianische Gedichte und kurze Prosa, München 1992

Lindig, Wolfgang: Lexikon der Völker, München 1986

Ludwig, Klemens: Bedrohte Völker. Ein Lexikon nationaler Minderheiten, München 1990

ders.: Lebenslieder Todesklagen. Ein Lesebuch vergessener Völker, Wuppertal 1988

Maderspacher, Florian / Stüben, Peter: Bodenschätze contra Menschenrechte, Hamburg 1984

Mailandt, Mechthild: Neue indianische Poesie, Aachen 1978

Meadows, Kenneth: Die Weisheit der Naturvölker. Das Wissen um die Einflüsse der Erde auf unser Leben und unseren Charakter, München 1992

Mooney, James: Mythen der Cherokee, Berlin 1992

Müller, Werner: Indianische Welterfahrung, Stuttgart 1987

Ökozid Jahrbücher, Gießen 1985 ff.

Otzen, Hans / Siegert, Florian: Die Erben der Schöpfung. Menschen im tropischen Regenwald, Garbsen 1992

Paczensky, Gert von: Weiße Herrschaft. Die Geschichte des Kolonialismus, Frankfurt/M. 1984

ders.: Teurer Segen. Christliche Mission und Kolonialismus, München 1991

P. M. Perspektiven Sonderheft Naturvölker, München 1992

Rätsch, Christian / Probst, Hans Jürgen: Namaste Yeti. Geschichten vom wilden Mann, München 1985

Rytcheu, Juri: Wenn die Wale fortziehen, Zürich 1992

Schuhmann, Holger: Das Uran und die Hüter der Erde, Stuttgart 1990

Shostak, Majorie: Nisa erzählt. Das Leben einer Nomadenfrau in Afrika, Reinbek 1982

Stein, Gert: Die edlen Wilden, Frankfurt/M. 1984

Thaman, Konai Helu: Inselfeuer. Gedichte aus Tonga, Nürnberg 1986

Theye, Thomas: Wir und die Wilden, Reinbek 1985

Westphal, Wolfgang: Das letzte Paradies. Countdown am Amazonas, Braunschweig 1991

Wolf, Eric R.: Die Völker ohne Geschichte. Europa und die andere Welt seit 1400, Frankfurt/M. 1986

Zülch, Tilman: Von denen keiner spricht, Reinbek 1975

Die Weisheit der Indianer

Rudolf Kaiser
Die Erde ist uns heilig
Die Reden des Chief Seattle und anderer indianischer Häuptlinge
Band 4079

Beschwörend, prophetisch, poetisch: die Überlebensweisheit einer großen
alten Kultur.
„Das ist die Wahrheit über die berühmte Rede" (DIE ZEIT).

Rudolf Kaiser
Indianische Kinder- und Wiegenlieder
Band 4220

Texte aus allen indianischen Völkern und Stämmen, die unsere
Wahrnehmung der Wirklichkeit eines Kindes zu schärfen vermögen.
Mit zahlreichen schmückenden Vignetten.

Rudolf Kaiser
Indianischer Sonnengesang
Die Weisheit der Erde in der Spiritualität nordamerikanischer
Indianer
Band 4143

Rudolf Kaiser hat die schönsten Zeugnisse indianischer Spiritualität
gesammelt: Dokumente einer tiefen Verbundenheit von Mensch und
Natur. Ein bewegender Einblick in die indianische Seele.

Der Baum, der einem Mann ein Kind schenkte
Indianische Märchen und Mythen aus dem Regenwald
Herausgegeben von Klaus Keplinger
Band 4191

Schauplatz: der Amazonasurwald Perus. Paradiesische Erzählungen aus dem
Volk der Ashininca. Ein Dschungelbuch zum Verschlingen.

HERDER / SPEKTRUM

Grenzenlose Leselust

HERDER / SPEKTRUM